나는 이렇게
임원이 되었다

나는 이렇게
임원이 되었다

여성 관리자를 위한 남성들의 직장 이야기
20년간 기업 현장에서 느낀 생존 비법서

블루마운틴 지음

생각나눔

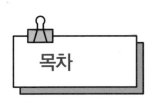

목차

3. 일의 4가지 기본기

4. 일하는 방법

5. 일하는 Attitude

6. 관리자로서 할 일

7. 살아남기 위한 생존 기술

8. 가능성에 대하여

들어가며

✦ 빠삐용의 죄

"네 인생을 낭비한 죄로 널 기소한다. 벌은 사형이다."

영화 『빠삐용』에 나오는 대사이다. 오랜 세월이 지났지만 나는 지금까지도 영화 속의 그 대사를 잊지 못하고 있다. 『빠삐용』은 당대 최고의 배우인 스티브 맥퀸과 더스틴 호프만이 주연한 1973년 작품으로 '자유와 삶의 소중함'을 일깨워 주는 고전 명작으로 남아있다. 많은 사람이 영화 빠삐용의 가장 인상적인 장면으로 빠삐용 역을 맡은 스티브 맥퀸이 절벽으로 둘러쳐진 섬을 탈출하는 장면을 든다. 그런데 내가 개인적으로 빠삐용 영화를 보면서 가장 인상적이었던 장면은 빠삐용이 꿈을 꾸는 장면이었다. 주인공이 사막 한가운데서 재판관과 배심원들에게 심판을 받게 되는데, 여기에서 빠삐용은 자신은 빵을 훔치지 않았다며 무죄를 항변한다. 재판장은 빠삐용을 내려다보며 위와 같이 말했다. 인생을 낭비한 죄는 사형에 처해져야 할 만큼 중대한 범죄라는 것이다. 주인공 빠삐용은 재판장의 판결문을 듣고는 혼잣말로 이렇게 되뇐다.

"인생을 낭비한 죄라면 나는 유죄가 맞다."

대학생이던 나에게 그 장면은 마치 내 인생에 대한 경고문처럼 느껴졌다. 유일하게 주어진 단 한 번의 인생을 낭비하지 않고 어떻게 살아가야 할 것인가? 그것은 훗날까지 내 삶의 중요한 화두가 되었다.

✦ 꿈을 잃어가는 직장인

필자가 처음 이 책을 쓰려고 생각한 것도 그와 무관하지 않다. 영화 『빠삐용』을 보며 나 스스로에게 화두를 던지던 때로부터 어언 30여 년이 흘렀다. 어느덧 그동안 몸담았던 회사에서 임원이 되었지만, 임원이 된 순간부터 퇴사를 고민해야 할 나이가 되었고, 내가 살아온 인생이 젊은 시절 던졌던 질문에 대한 응답으로서 가치가 있는가를 고민하게 되었다. 그리고 회사 조직에서 나름대로 최선을 다했던 경험과 노하우를 뒤따라오는 후배들을 위해 전해주고 싶다는 생각을 하게 되었다.

대기업에 입사한 신입 사원이 임원으로 승진하는 비율

 그니 2018. 3. 30. 13:19   URL 복사   +이웃추가   :

대기업에 입사한 신입 사원이 임원으로 승진하는 비율

신입 -> 대리 67%, 4.1년 걸림.
대리 -> 과장 25%, 4.1년 걸림.
과장 -> 차장 5.5%, 4.8년 걸림.
차장 -> 부장 2%, 4.9년 걸림.
부장 -> 임원(상무) 0.6%, 4.2년 걸림.
평균 근무 년수 15년
자료 출처 : 한국 경영자 총협회 2014년 자료.

철없던 20대 후반에 첫 직장으로 회사에 입사해 종횡무진 뛰다 보니 임원에 오르는 영광을 얻게 되었다. 그런데 다른 한편으로는 주변의 선배, 후배들을 많이 떠나보내면서 마음이 아팠다. 그러는 과정에서 내가 가진 작은 지식이나마 회사 생활하면서 경험했던, 또는 배우고 노력해서 깨우친 사실에 대해 부족하지만 남겨야겠다는 생각이 들었다.

수많은 직장인이 있지만, 정말로 직장인으로서 자신의 삶을 낭비하지 않고 살아가는 사람이 몇 명이나 될까? 내가 경험한 바로는 회사에 다니는 대부분의 직장인은 약 20년이 지나면 퇴사하거나 임원으로 승진하거나 둘 중의 하나로 타의에 의해 선택의 기로에 서게 된다. 그런데 통계에 의하면 대기업에서 신입사원이 임원으로 승진하는 비율은 0.6% 수준에 불과하다. 그야말로 하늘의 별 따기인 셈이다. 그 때문인지 최근 들어 직장인이라면 누구나 한 번쯤은 꿈꿔보는 '기업의 별' 임원(경영진)을 준비하는 직장인들이 점차 줄어들고 있는 것으로 나타났다. 자신의 목표를 직장에서 찾기보다는 워라밸을 즐기면서 회사 생활을 하려는 직장인들이 늘고 있는 것이다.

잡코리아(대표이사 윤병준)가 남녀 직장인 1,084명을 대상으로 설문 조사를 진행한 결과에 따르면[1], 2019년 현재 임원(경영진)이 되기) 위해 준비하고 있는 직장인은 34.7%로 10명 중 4명에도 못 미치는 것으로 나타났다. 이는 3년 전인 2017년 조사 당시의 응답률 41.1%보다 6.4%P 낮아진 수치이다. 임원 준비를 하고 있는 경우는 남성 직장인이 39.7%로 여성 직장인 28.0%에 비해 11.8%P 높았으며, 근무하고 있는 기업형태별로는 ▲대기업 근무 직장인이 임원 준비를 하고 있는 비율이 44.3%로 가장 높았다. 다음으로 ▲외국계 기업 38.1% ▲공기업 및

---

[1] 출처: '임원'보단 '워라밸'. 임원 목표 직장인 10명 중 4명도 안 돼, NEWSIS, 2020.01.10.

공공기관 34.4% ▲중소기업 30.6% 순으로 집계됐다.

　조사에 따르면 신입사원 시절부터 임원이 되려고 노력하기보다는 직급상관 없이 워라밸을 지키며 정년까지 보장받는 안정적인 직장 생활을 24.4%가 원하고 있다는 것이다. 하지만 직장에서 임원이 되지 않으면서 안정적으로 정년까지 보장받기는 더욱더 어려워지고 있는 것이 현실이다.

직장인 34.7% 임원준비 한다

※ 남녀 직장인 1,084명 대상 조사, 자료 : 잡코리아

44.3% 대기업
30.6% 중소기업
34.4% 공기업
38.1% 외국기업

JOBKOREA

만약 임원으로 승진하지 못한 채로 회사에서 나가야 할 시점이 오면 대부분 사람들이 이렇게 말한다.

"젊어서 청춘을 이 회사에 다 바쳤는데, 왜 나가야 하나?"

물론 젊음을 바친 회사에서 일방적으로 퇴사 통보를 받으면 억울한 생각이 드는 것은 당연하다. 하지만 그러한 불만을 표시하는 사람들은 자신이 본질적인 부분을 간과하고 있다는 사실을 알지 못한다.

첫째, 기업이 성장함에 따라 회사의 규모도 커지지만, 회사의 성장 규모보다 인원 구성이 더 빨리 고령화되면 자리는 한정이 되어 있기 때문에 어느 순간 선택의 시점이 오게 된다는 점이다. 더욱이 앞으로는 급격하게 연령대가 낮아지고 있으며, 40대 임원은 물론 실력 있는 30대 임원도 대기업에서는 나오기 시작했다.

둘째, 이제는 과거와 다르게 연령대 순으로 임원을 진급시키는 게 아닌 성과 순으로, 그리고 미래에 그 자리에서 잘할 수 있는 인물 위주로 승진을 시키고 있어서 더욱더 자리가 부족해진다는 사실이다. 또한, 젊어서는 과중한 업무가 힘들어서 업무를 회피하고 편한 자리에 오래 있는 직원들도 많았지만, 이러한 직원들이 경력이 되어 어느덧 20년이 되었을 때 과연 경쟁력이 있을까? 또한, 직원들이 복지부동의 자세로 편하게 정년까지 근무할 수 있도록 놔두는 기업이 있을까? 더 나아가 개인적으로 이 직원들이 직업으로 인생을 낭비하지 않았다고 항변을 할 수 있을까?

이러한 질문 앞에서 나는 다시 『빠삐용』에서 재판관이 내린 판결을 생각하게 된다. 인생을 낭비한 죄에 대해 결코 '나는 무죄입니다…'라고 대답할 수는 없을 것이다.

✦ 변화의 시대를 선도하는 직장인

과거의 80년대까지만 해도 '평생 고용'이라는 말이 통용되었다. 공급자 중심의 시대였던 당시까지는 퇴사할 때까지 성과 유무를 떠나 이런 직원들도 회사에서 책임져 주었던 것이 사실이다. 그러나 IMF 시대 외환위기를 거치고 나서 수요자 중심 시대, 그리고 글로벌 경쟁사들과 경쟁하는 시대가 되면서 회사의 생존을 위해서는 과거처럼 하기에는 너무 어려운 시대가 되었다. 시대변화와 함께 직장인들도 의식의 전환이 이루어져야 하는데 아직도 개인의 삶, 직장인의 삶에서는 의식의 전환이 늦게 이루어지고, 변하지 않는 게 문제이다. 직장인으로 20년을 돌아봤을 때 빠삐용의 일화는 나에게 많은 울림을 준다. 회사 입장에서 경쟁력의 측면과 생존 경쟁의 측면에서 조직에 기여할 적합한 인재가 아니라면 본인 스스로 아무리 열심히 했다고 하더라도 좋은 평가를 받는 데는 한계가 있다. 즉 빠삐용처럼 최후의 순간 유죄로 판명되어 어쩔 수 없이 타의에 의해 퇴사할 수밖에 없는 현실에 당면하게 되는 것이다.

　나 또한 회사 직장인으로서 전문적인 기술 분야가 아닌 기업의 경영, 마케팅, 전략기획 분야에서 경쟁력을 갖추어 생존에 조금이나마 도움이 되는 내용이 되었으며 좋겠다는 취지에서 이 글을 쓰게 되었다.

　특히 첫 직장 생활을 시작하는 젊은이에게 개인의 가치관 속에서 개인의 삶도 중요하지만, 기업의 가치관 속에서 직장인의 성공하는 삶도 중요하다는 점을 인식하고 일과 삶의 균형을 지혜롭게 이루려고 노력해야 한다는 조언을 전하고 싶다.

✦ 성공 철학의 시작(나폴레온 힐)

'성공학'을 제창한 나폴레온 힐

　　사진 속의 인물은 '성공학'을 맨 처음 세상에 발표한 '나폴레온 힐'이라는 사람이다. 강철왕 카네기는 '富의 비밀'을 세상에 알릴 메신저로서 나폴레온 힐을 선택하면서 이렇게 물었다.

"당신에게 아무런 비용도 대줄 수는 없다면 그래도 하겠소?" 힐은 자신도 모르게 이렇게 대답했다.

"그래도 좋습니다!"

그로부터 20년 뒤 나폴레온 힐을 통해 그 성공철학은 활짝 꽃을 피웠다. 오늘날까지 수많은 성공인이 그 성공철학의 힘을 증명해왔다. 나폴레옹 힐에 의해서 '무한한 가능성을 만들어내는 뇌의 힘', "생각하는 대로 이루어진다."라는 유명한 문장으로 널리 알려지게 되었다. 성공학의 창시자 나폴레온 힐은 성공의 13단계[2]를 다음과 같이 제시하였다.

'富의 비밀'을 전수한 강철왕 카네기

2 cafe.daum.net/houseofpierro/M6Z2/25 코스모스디자인(마케팅칼럼: 성공학의 아버지 나폴레온 힐)

1단계: 명확한 목표를 세워라

　　(그리고 반드시 실현할 수 있다는 믿음을 가져라.)

2단계: 신념은 한계를 뛰어넘는다

　　(최종적인 승리를 거두는 사람은 '나는 할 수 있다'고 생각하는
　　사람이다.)

3단계: 자신을 향한 긍정적인 암시

　　(자기 암시는 잠재의식 계발을 위한 가장 적극적인 수준의 행
　　위이다.)

4단계: 아는 것이 곧 힘이다

　　(명확한 목표를 향한 체계화된 지식이 있어야 한다.)

5단계: 상상력은 모든 것을 만들어낸다

　　(부는 상상력에서 비롯된 간단한 아이디어에서 출발한다.)

6단계: 실천적인 계획을 세워라

　　(당신의 계획이 완성된 순간, 성공은 이미 당신 곁에 있다.)

7단계: 신속하게 결단하라

　　(우유부단은 모든 사람이 극복해야 할 최대의 적이다.)

8단계: 인내를 습관으로 만들어라

　　(인내력과 의지력으로 어려움을 이길 때, 부가 축적된다.)

9단계: 조화로운 인간관계가 성공을 앞당긴다

　　(두 사람의 마음이 조화되어 하나가 될 때, 초월적인 힘을 발휘
　　할 수 있다.)

10단계: 성 충동을 에너지화 하라

　　(성 충동이 올바른 방향으로 전환되면 강력한 힘을 얻을 수 있다.)

11단계: 잠재의식을 활용하라

(잠재의식은 신념처럼 강한 감정에 민감하게 반응한다.)

12단계: 누구에게나 초능력이 있다

(감정을 자극하면, 창조적인 상상력은 더욱 민감하게 아이디어

를 수신하게 된다.)

13단계: 육감을 일깨워라

(육감의 명령대로 행동한다면 행운의 여신은 성공의 문을 활짝

열어줄 것이다.)

✦ 하고 싶은 목표 vs 해야 하는 목표
(두 개의 목표를 일치시켜라)

　　나폴레온 힐 이후로 수많은 성공학 서적 및 개인발전 서적의 대부분은 목표를 세우고 종이에 적으라고 말한다. 또한, 직장에서 상사들은 큰 목표를 수립하라고 충고한다. 그래야지만 큰 목표에 도달하기 위해 여러 가지 활동을 실천할 수 있고, 그 결과 작은 성과라도 달성할 수 있기 때문이다.

　이러한 모든 성공학 서적에 대해 적어도 직장인이라면 본인만의 성공학을 수립하기 위해 반드시 10권 이상은 읽어봐야 한다고 본다. 필자의 입장에서 이러한 기본을 바탕으로 직장에서의 성공학을 하나만 고른다면 회사의 목표와 개인의 목표를 일치시키라고 조언하고 싶다. 목표 수립 시 큰 목표를 수립하는 것도 중요하지만, 과연 큰 목표가 하고 싶은 목표인지 아니면 반드시 해야 하는 목표인지 먼저 점검을 해야 하는 것이다. 이때 개인의 목표와 직장에서의 목표를 일치시키는 것이 가장 중요하다.

예를 들면 개인이 바라는 목표가 매년 해외여행 가는 것이고 직장 생활에서의 목표는 어떤 프로젝트를 무사히 완성하는 것이라면 해외여행을 무사히 다녀왔다고 직장 생활에서의 프로젝트가 100% 완벽하게 달성되었다고 할 수는 없을 것이다. 좀 더 구체적으로 이야기해보자면 한편으로 개인 업무로 하고 싶은 목표가 있고, 다른 한편에는 회사(팀)가 완수해야 할 목표가 있다고 하자. 이때 개인 업무로 하고 싶은 목표가 회사(팀)의 목표와 일치되지 않을 경우에는 자기만족은 얻을 수 있을지 몰라도 조직 전체의 목표 달성에는 오히려 저해 요인이 될 뿐이다. 그런데 대다수 팀원은 팀이 가야 할 목표에 대해서 고민하기보다는 개인 팀원으로서 자기가 평가를 잘 받기 위해 하고 싶은 목표만 고민하고 수립하는 오류를 흔히 범하게 된다. 이러한 경우의 문제를 분석해보면 다음과 같다.

첫째, 관리자의 잘못이 크다. 팀원들이 해야 할 올바른 목표를 수립하기 위해서는 관리자가 먼저 팀의 비전을 팀원들에게 공감시키고 팀이 해야 할 목표에 대해 명확히 방향을 수립하는 게 필요하다.

둘째, 팀원이 하고 싶은 목표를 수립할 경우에는 팀장의 관리가 중요하다. 팀장이 가고 싶은 방향이 없거나 팀원의 업무에 대해 장악력이 없을 경우 팀원에게 끌려갈 수밖에 없게 된다. 그렇기 때문에 팀장이 올바르게 팀원을 코칭할 수 있는 가장 좋은 방법은 본인이 조직 성과를 달성하기 위해 해야 할 목표에 대해 명확히 기준을 수립하는 것이다. 그리고 그 범주 내에서 팀원들이 해야 할 목표를 코칭해야 하는 것이다.

다시 정리하자면 이상적인 목표 수립의 절차와 일하는 방법은 관리자가 먼저 조직의 비전을 수립하고 조직원들을 공감시켜, 각자 해야 할 목표를 인지해서 비전 달성을 위한 큰 목표를 수립하는 것이다. 그 이후에 관리자는 각 조직원이 해야 할 목표에 대해보고 받고 평가하고, 놓친 부분이 있는지 보완할 사항을 재검토하여 실행 계획을 점검하는 게 가장 효율적인 목표 달성의 방법이라고 본다.

또한, 팀원들은 회사가 추구하는 방향이 무엇인지 항상 관심을 갖고 귀를 기울여야 한다. 회사가 추구하는 방향과 목표는 어디에서 찾을 수 있을까? 가장 크게는 회사의 경영 방침, 작게는 본부장, 실장 등 임원들의 가고자 하는 방향과 목표라고 할 수 있다. 임원들의 방향은 곧 회사의 방향과 일치하기 때문에 이 방향과 맞게 목표를 수립하는 게 필요하다.

가장 훌륭한 것은 팀원들이 하고 싶은 목표와 관리자와 회사가 가야 할 목표가 일치할 때 직원들이 열정이 생기고 자기 일에 몰입하여 신바람 나게 일할 수 있으니 두 가지 목표가 항상 일치할 수 있도록 하는 게 직장에서 임원으로 성장하기 위해 반드시 갖추어야 할 성공학이라고 생각한다.

 Tip

본인의 목표 및 직원들의 목표를 기록해보고 회사의 목표와 일치하는지를 확인해보자. 직원들과 토론하고 소통하면서 회사의 방향과 일치하지 않는 목표가 있다면 공통의 목표를 재수립하여 우리가 해야 할 목표를 일치시키고 공감시키는 일을 해보자.

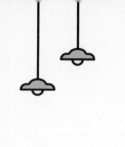

✦ Stretch Goal의 기준 [3]

　　목표 설정에서 큰 목표(Stretch Goal)의 기준은 무엇인가? 누구나 그러한 고민을 해보았을 것이다. 인간은 본래 자신이 맞닥뜨리거나 만들어낸 도전적인 과제를 정복하려는 욕구를 가지고 있다. 일본 교세라(Kyosera)의 이나모리 가즈오 명예회장은 이렇게 말한다.

　　"회사라는 조직은 낮은 목표를 세우면 낮은 결과밖에 얻지 못한다."

　　성과를 높이기 위해서는 높은 목표를 세워야 한다. 위대한 사업이라는 것은 높은 목표를 갖고서도 하루하루를 전력투구해야만 이루어지

3 　*참조: 여긴 인, 노, 총입니다. -)변화/혁신(혁신을 원하면 스트레치 골을 설정하라-
피뤄팬) cafe.daum.net/innochog/oBpf/1323

는 것이다. 높은 목표를 향해 노력을 거듭한 결과가 지금의 글로벌 기업 '교세라'를 만들었다. 그렇다고 해서 목표를 무작정 높게 설정하라는 얘기가 아니다. 아무리 노력해도 달성하기 어려울 만큼 목표가 지나치게 높으면 마치 이솝 우화에 나오는 높이 매달린 포도를 따려다 실패한 여우처럼 '저 포도는 신 포도일 거야.'라며 자기합리화를 하거나 포기하게 된다. 그렇다면 어느 정도의 높은 목표가 적절한 것일까? 여기에 가장 적합한 개념이 '스트레치 골(Stretch Goal)'이다. 스트레치 골은 'stretch'라는 단어가 의미하듯이 '온 힘을 다해 손을 뻗어 겨우 잡을 수 있을 정도의 도전적인 목표'를 뜻한다. 다시 말하자면 쉽지는 않지만 한번 도전해 볼 만하며, 기존의 사고방식이 아닌 창의적이고 혁신적인 발상을 통해 달성할 수 있는 수준의 목표를 의미한다.

이 개념은 미시간대학교 심리학과 교수 노먼 마이어(Norman Maier)가 실험을 통해 정립한 것으로, 학생들이 제출한 과제물을 두고 단순히 마음에 들지 않는다고 말하는 것만으로도 대부분 다음에는 더 나은 과제물을 제출하는 것을 보고 'stretch'라고 한 데서 유래했다. 그리고 세계적인 경영학자 게리 해멀(Gary Hamel)과 프라할라드(C. K. Prahalad)가 이를 경영학 분야에 사용함으로써 일반화되었다.

기업 업무 현장에서 필자가 경험한 큰 목표(Stretch Goal)를 시장(마케팅)과 매니지먼트로 분리해보자면 시장에 새로운 상품을 론칭하는 경우 '제품 도입기–성장기–성숙기–쇠퇴기'의 순환 과정을 거치는데 도입 시기에서의 스트레치 골은 성장률 200~300% 이상 수준을 목표로 해야 하며, 성장기의 스트레치 골은 50% 초과 성장, 성숙기의 스트레치 골은 20% 초과 성장, 쇠퇴기의 스트레치 골은 5~10% 초과 성장이 적당하다. 물론 산업마다 제품마다 특징이 다르기 때문에 필자의 생각이 항상 올바른 이론이 될 수 없을 것이다. 하지만 이미 제품이 성숙기에 들어가 있을 경우 경영자가 지속해서 너무 큰 목표를 제시하게 되면 달성할 수 없는 목표로 인해 직원들은 피로감에 빠지게 되고 이로 인해 이탈이 생기게 마련이며, 반대로 시장 도입기 또는 성장기에 너무 적은 목표를 주게 되면 쉬운 목표를 달성했다고 자랑스러워 하지만 교만해지기 쉬워서 제품이 성숙기에 도입할 때까지 더 높이 도약할 수 있는 추진력을 잃어버릴 수 있다. 그러므로 항상 구성원들이 긴장할 수 있고 도전해 볼 만한 목표를 주는 게 중요하다.

매니지먼트 측면에서는 스트레치 골은 기존 업무의 큰 틀을 벗어나지 않는 이상 30~40% 수준 이상의 업무 개선 효과를 목표로 하는 것이 적당하며, 기존 업무의 틀(일하는 방식)을 변경할 경우 50~100% 수준 이상의 목표를 가지고 가는 게 적당하다.

하지만 대부분의 직원은 기존 업무 틀을 벗어나지 않고 10~20%의 안정적인 수준의 목표 잡는 것을 좋아한다. 매니지먼트의 스트레치 골은 주로 기존 업무 형식을 파괴하고 재정립하는 데서 큰 혁신과 변화를 가져오게 된다. 그러기 위해서는 관리자는 강한 의지와 자신감을 가지고 스트레치 골을 추진하되, 구성원들의 의견을 경청해야 하고, 왜 반드시 이 목표를 달성해야 하는지 설득해야 한다. 또한, 목표 달성을 위해 적극적으로 지원할 것이라는 믿음을 줌으로써 구성원들의 추진 의욕을 높여주어 기존 업무의 개선보다는 생각의 혁신으로 일하는 방법 변화를 목표로 스트레치 골을 설정할 수 있게 해주는 게 필요하다.

직장인들은 본인 스스로 도전할 만한 큰 목표 수준(스트레치 골)을 잡아 이전의 방법과는 다른 방법으로 창의적인 생각을 이끌어내야 한다. 그리고 그것을 실행하여 목표를 달성하는 것이 다른 직원들과 차별화되며 상사에게 인정받는 데 큰 도움이 될 것이다.

 Tip

목표가 수립되었다면 개인별로 몇 %의 개선계획을 가지고 있는지, 이제까지 가보지 않는 길을 꿈꾸고 그리고 있는지를 팀원들끼리 서로 평가하고, 과연 지금의 목표가 적당한 목표인지 공정하게 검증하는 시간을 갖는 게 필요하다. 만약 도전적이지 않다고 판단되면 긴장감을 갖고 몰입할 수 있는 수준으로 상향하여 목표를 재수립하는 게 필요하다. (중요한 것은 다른 팀원들과 공감하고 인정되는 수준의 목표가 수립되도록 하는 것이다.)

3

일의 4가지 기본기

✦ 긍정적 열정(축구 선수 호날두)

필자는 외국인 축구 선수 중 비슷한 이름을 가진 2명의 선수를 제일 좋아한다. 한 명은 브라질의 호나우두, 다른 한 명은 포르투갈의 호날두이다. 브라질의 호나우두는 상대적으로 좀 이른 시기에 은퇴하였는데 혹자는 그가 신의 능력을 얻었지만 인간의 몸을 가졌기 때문에 몸이 견디지를 못했다고 말하기도 한다. 즉 신의 능력을 받은 천재 스트라이커였기에 역설적으로 은퇴를 할 수밖에 없었다고 보는 것이다.

내가 이야기 하고 싶은 축구 선수는 포르투갈의 호날두이다. 먼저 축구 전문지에 소개된 기사를 살펴보자.

[인터풋볼][4]정지훈 기자

2019년 3월 13일 유럽챔피언스리그 유벤투스와 아틀레티코 간의 8강 진출 2차전 경기이다. 1차전에서는 유벤투스가 0−2로 완패해 8강행이 불투명한 사항이었다. 그러나 '축구의 신' 호날두는 대역전극을 자신했고, 자신의 가족, 지인, 에이전트를 모두 경기장에 불러 승리를 약속했다. 결국, 호날두는 해트트릭과 함께 유벤투스의 8강 진출을 이끌었고, 약속을 지켰다.

---

4 유벤투스 울렸던 호날두가, 유벤투스의 영웅이 됐다. 2019.03.19.

승리의 주역은 호날두였다. 전반 26분 정확한 헤딩 슈팅을 시작으로 후반 4분 헤더골 추가, 후반 40분에는 페널티킥을 골로 마무리하며 해트트릭을 달성했다. 사실 경기 전 호날두는 아틀레티코 팬들로부터 '비웃음'과 '조롱'을 당해야 했다. 지난 1차전에서 침묵한 호날두를 향해 아틀레티코 팬들은 욕설과 야유를 보냈고, 이에 호날두는 5번의 챔피언스 리그 우승을 의미하는 손가락 5개를 펴며 '존중'을 바랬으며 결국 호날두는 약속을 지켰다. 대다수의 전문가는 수비력이 좋은 아틀레티코의 8강 진출을 예상했지만, 호날두는 이 예상을 뒤집으려 해트트릭 쇼와 함께 대역전극을 연출했다.

호날두는 가족과 지인에게 한 약속을 정확하게 지키며 승리를 이끌어내었다. 직장 생활에서도 중요한 태도 중의 하나는 호날두와 같은

'자신감'과 '열정'을 가져야 한다는 것이다. 자신감과 열정은 동양 사상으로 본다면 기(氣)라고 표현할 수도 있다. 옛날 전쟁에서도 장군들은 항상 기세를 유지하는 데 신경을 썼다. 적과의 전투에서 기세에서 밀리어 무너지기 시작하면 둑이 무너져 내리듯이 군사들은 오합지졸로 변하여 반드시 패퇴하기 마련이다.

제가 모시던 회사의 대표님도 항상 이 기세를 유지하기 위해 애쓰셨다. 영업에서 승리하고 조직원들이 성공하기 위해서는 이길 수 있는 형세(形勢)를 미리 만들어야 한다고 항상 강조하셨으며, 영업이라는 무한 경쟁에서 이기기 위해 직원들의 사기를 살리는 데 특별히 많은 노력을 기울였다.

만약 독자들이 상사라면 어떤 부하 직원을 더 좋게 평가하겠는가? 두 유형의 직원이 있다고 가정해보자. 첫째는 내일모레 그 약속이 지켜지지 않더라도 마지막까지 최선을 다해 결과를 바꿔놓겠다는 자신감을 가진 직원이 있고, 둘째로는 현실적인 장애물을 나열하면서 먼저 이유를 대고 할 수 없다고 말하는 부하직원이 있다. 과연 상사는 누구를 더 좋아할 것인가? 대부분 이 글을 읽게 되는 독자라면 대부분 당연히 첫째 직원을 선택할 것이다. 하지만 직장 생활을 해본 경험이 있는 사람이라면 누구라도 업무 보고 시간에 회사의 최고경영자에게 첫 번째 직원처럼 자신 있게 말할 수 없다는 것을 알 것이다. 자칫 잘못하다가는 허위 보고하는 직원으로 그다음 날 자리가 없어질 수도 있기 때문이다. 실제 현장에서는 대부분의 직원이 두 번째 직원처럼 이러 이러해서 목표 달성이 현실적으로 어렵다며 여러 가지 안 될 수밖에 없는 이유를 찾기 마련이다.

필자가 하고 싶은 말은 우리 모두 호날두가 될 수는 없다. 하지만 최소한 호날두처럼 할 수는 있으며, 호날두처럼 해야 한다는 것이다. 호날두처럼 하기 위해서는 항상 긍정의 단어가 먼저 나오도록 하는 습관을 의도적으로 기울여야 한다. 대화의 기술은 여러 가지 있을 수 있다. 예를 들면 'Yes' or 'No' 중에서 먼저 'Yes'라고 대답하고, 이후에 문제라든가 어려운 사항을 생각해보는 것이다. 특히 직장 생활에서 생존하기 위한 실질적인 방법으로 공식적인 회의 석상에서 '긍정의 단어'를 남들보다 많이 사용할 것을 권장한다. 회의에서 다루어지는 안건은 대부분 당면한 문제를 해결하기 위한 것이거나 목표 달성 유무를 예측하기 위한 자리인데, 한두 번 부정의 표현은 받아 줄 수 있으나 그것이 반복되면 부정적인 이미지가 덧씌워지게 된다. 자기는 해당 업무의 전문가이고 남들보다 잘 알고 있으니 내 말을 들어야 한다는 나름의 확신을 가지고 상사나 동료들에게 거짓이 아닌 현실을 제대로 보고하기 위해 노력한다. 그러나 그 과정에서 부정적인 언어를 자주 사용하면 남들보다 더 빨리 도태가 될 수밖에 없다. 대부분의 회사는 어렵거나, 안 되는 것을 해내기 위해 자신감이 있고 열정을 간직한 직원들을 뽑는다. 그러므로 상황에 관한 판단은 냉정하게 하되, 객관적으로 어려움이 있더라도 우선은 긍정적인 생각과 자세를 드러내는 것이 반드시 필요하다.

✦ 예의와 아부 사이(아이젠하워와 마르킨)

　　　　조직 생활에서 상사에게 예의를 지켜야 하는 것은 당연
하다. 그런데 예의가 너무 과하면 자칫 아부로 보일 수도 있다. 직원에
입장에서는 예의와 아부의 경계가 어디인지 가장 적절한 범위를 아는
것이 필요하다. 그에 대해서는 마침 필자가 구독하고 있는 잡지에 게재
된 인간자연생명력연구소 서광원 소장의 글이 있어 소개한다.

2차 대전 때 유럽 연합군 최고사령관을 지낸 드와이트 아이젠하워가 대통령 선거에 출마했을 때의 일이다. 맥아더가 그에 대해 한 말이 사람들 사이에 회자됐다. "그는 내가 경험한 부하 중 최고였다." 아이젠하워는 1930년대 필리핀에 주둔했던 맥아더 휘하에서 복무한 적이 있었는데, 그때 경험을 두고 한 말이었다. 얼마나 능력이 뛰어났길래 '최고'라는 수식어를 썼을까? 그 경험은 사소한 것에서 시작됐다. 맥아더의 집무실을 드나들 때마다 상관인 그에게 허리를 굽혀 예를 표했는데, 바로 그 모습이 맥아더의 마음에 들었던 것이다. 웬만해서는 허리를 굽히지 않는 서양 문화에서는 흔히 볼 수 없는 것이기에 그랬을 것이고, 아부가 아니라 공손한 마음을 표현한 것이었기에 더 그랬을 것이다. 자존심 세고 과시 성향이 있던 맥아더에게 그런 모습은 최고의 부하로 꼽기에 손색이 없었다. 지위는 항상 더 높이 오르려 하고 대우받고 싶어 하는 속성이 있다. 언제 어디서나 그렇다. 러시아를 압제에서 해방시켜 평등한 세상을 만들겠다고 1917년 세계 최초로 일으킨 사회주의 혁명이 10월 혁명이다. 이 혁명의 주역 중 하나가 레온 트로츠키였는데 그가 군사령관으로 있을 때였다. 무장 혁명을 일으킬 때 그는 니콜라이 마르킨이라는 수병(水兵)의 결정적인 도움을 받았다. 마르킨은 지휘관은 아니었지만 수병을 실질적으로 이끄는 리더였다. 덕분에 혁명이 성공하고 트로츠키가 군사령관이 되자 마르킨의 행동 폭도 늘어났다. 트로츠키를 존경하고 친하게 여겼던 그는 어느 날 군사 회의 도중 부하를 질책하고 있는 트로츠키에게 나타난다. 술병을 든 채로 말이다. 이미 술에 취해 분위기를 흐리던 그는 트로츠키의 어깨에 손을 얹으며 친근함까지 과시한다.

둘 사이가 막역하다는 걸 사람들 앞에서 표현하고 싶었을 것이다.

하지만 그건 자신의 결정적인 공헌을 엎어버린 결정적인 실수였다. 트로츠키는 마르킨을 치열한 전투가 벌어지는 전선으로 보내 죽게 한다. 러시아에서 제작, 방영되고 넷플릭스에서 볼 수 있는 드라마 『트로츠키』에서 마르킨은 죽은 영혼으로 나와 억울한 듯 '왜 그랬느냐'고 묻는다. 왜 그랬을까?

"자네는 날 겁먹은 화이트칼라 얼간이로 기억했어. 건방지게 어깨를 툭 쳐도 되는 사람으로 봤지. 난 혁명군사위원회의 의장이었어. 신성한 우상 말이야. 자네만 나를 두려워하지 않았지."

"그게 그렇게 중요한가요? 난 당신 친구였어요."

"아니 자네는 나를 (신성한 우상에서) 사람으로 바꿔놓았어. 하지 말았어야 했어."

조직은 대체로 서열 시스템으로 움직이고, 서열에 따라 권력이 주어진다. 다양한 연구에서 밝히듯 권력은 사람을 바꿔놓는다. 권력이 생기면 사람을 수단으로 보고, 자기 마음대로 사람을 움직이려 하며 자신의 권위에 대들거나 저항하는 이들을 힘으로 누르려 한다. 권력을 통해 더 큰 권력을 얻으려 한다. 러시아는 서유럽보다는 덜해도 우리나라보다 상하 위계가 좀 더 자유스러울 듯한데 어깨에 손 한 번 얹은 게 그렇게 위험한 일이었을까? 신체 언어에 관한 심리학에서 어깨에 손을 얹는 건 머리에 손을 얹는 것보다는 덜하지만 '당신과 나는 동급'이라는 뜻이다(머리를 쓰다듬는 건 아주 친한 사이거나 절대적인 지위를 가져야 용인되는 행동이다). 그건 트로츠키의 말마따나 하늘 높이 솟아오르던 신성한 우상의 날개를 잡아 땅으로 끌어 내린 것이었다. 더구나 부하들 보는 앞에서 말이다. 권력자에게 신성모독이나 다름없는 행위였고, 신성모독은 용서할 수 없는 것. 트로츠키에게 그건 죽어 마땅한 행동이었다.

---

5 '서광원의 인간과 조직 사이', 이코노미스트(중앙시사매거진) 1500호

필자의 경우에도 평상시에는 아이젠하워처럼 상사를 모시다가 무의식 중에 마르킨처럼 행동한 경험이 있었다. 다행히 마르킨처럼 죽지(퇴사) 않고 아직까지 회사에 다니고 있었으니 참으로 운이 좋았다 할 수 있다.

필자가 무의식중에 한 행동으로는 부서 회식이 있기 전에 필자의 상사인 임원과 사전에 부하직원에 인사에 대해 논의하였고, 팀 변경에 대해 구두 승인을 받은 상태였다. 물론 행정적인 절차인 공식적인 인사 발령이 난 상태는 아니었다. 임원분의 구두 의사 결정을 받고 그날 회식자리에서 해당 직원의 인사 발령 사항을 알리며 인사말을 하는 순간, 임원분의 얼굴이 경직되며 필자를 그 자리에서 엄청나게 질책을 하였다. 그 당시에는 임원분이 왜 그랬는지 정확히 공감을 못 했지만,

직장 생활의 연륜과 경험이 더해지면서 그때 당시 내가 건드리지 말아야 할 역린(逆鱗)을 건드렸다는 것을 알았다. 직장 생활에서 인사는 매우 중요하고, 고유한 권한 사항이다. 어떻게 보면 내가 임원분과 논의가 되었다고 자만심을 갖고, 아직 공식적으로는 확정도 되지 않는 상태에서 임의로 발표했으니 어떻게 보면 트로츠키의 어깨에 손을 얹는 행동을 한 것과 같은 것이었다. 상사의 고유한 권한이었던 인사 관련 의사 결정을 마치 부하직원인 내가

결정한 것처럼 행동해서 넘지 말아야 할 선을 넘어 침범한 것이었다.

요즈음 젊은 세대는 해외도 자주 나가도 외국 문화도 많이 접할 기회도 많으며, 또한 개방적인 부모 밑에서 자유로운 사고와 개성을 존중받으면서 살아오다가 직장 생활에 입사하게 된다. 90년대 후반 및 2000년대 초반에 비해 회사 문화도 많이 발전하고 직장 문화도 어느덧 수직적인 위계질서에서 평등한 수평 문화로 전화하고 있는 과도기적 시점이라고 볼 수 있다. 그럼 부하직원은 상사와의 인간관계를 어떻게 해야 할까? 과거의 조직 문화를 지키려고, 또는 권위주의적인 상사를 '꼰대'라고 부르면서 배척해야 할까? 아니면 본인의 개성과 자유로운 소통이 중요하다고 서열 관계를 무시하고 상사의 고유 영역(의사 결정, 인사 등)을 침범해서 평등을 외치면서 조직 문화를 바꾸어야 할까?

부하직원들이 가장 중요하게 알아야 할 것은 인간은 어차피 동물이며 본성을 자제하고 교육받으며 살아온 존재라는 것을 명심해야 한다는 점이다. 교육과 매너를 통해 본성을 잠시 억누를 뿐이지 어느 시대를 막론하고 인간이라는 동물은 서열을 짓고 복종하기를 원한다는 것이다. 이러한 본능이 동물에 비해 인간은 다른 형태로 포장되었을 뿐이지 근본적으로는 다름이 없다. 동물의 세계에서 우두머리의 권위에 도전하게 되면 둘 중의 하나는 죽거나 무리에서 쫓겨나게 된다. 직장 생활에서도 마찬가지이다. 자기도 모르게 무의식중으로 상사의 권위를 침범하게 되었을 때 그때 그 자리에서 질책하고 훈계해주는 상사를 고맙게 여겨야 한다. 그렇지 않다면 상사는 표현하지 않고 마음속에 담아두었다가 훗날 그 부하직원이 한직으로 밀려나게 되거나, 사퇴할 수밖에 없는 상황이 올 때 해당 상사의 지지를 얻지 못하게 되고 결국 재기할 기회를 잃게 된다. 그러므로 평상시 경솔하게 행동하지 말고, 예의를 지키며 상사의 고유 권한을 존중하는 자세를 가져야 한다.

본인이 오너의 후계자 아닌 이상 특별한 능력을 갖지 않는 한 항상 승진할 때마다 누군가와 비교를 받게 되는 것이 현실이다. 직급이 낮을 때는 같은 그룹의 동기와 비교를, 직급이 높아질수록 다른 그룹의 상사 및 부하와 비교 평가를 통해 승진이 결정된다. 그럴 때 내 주위에 어떤 상사가 많이 있는지가 중요하다. 항상 자기를 지지해 줄 맥아더와 같은 상사가 있는지, 아니면 언제든지 최전방으로 보낼 마음을 가지고 있는 트로츠키와 같은 상사가 많은지 가끔씩 주위를 둘러보아야 한다. 동일한 능력이라면, 아니 때로는 경쟁자보다 능력 면에서 다소 부족하더라도 상사로부터 인정을 받는 직원이 승진할 가능성이 클 수밖에 없다. 그러므로 승진을 원한다면 자신의 평소 처신이 어떠한지 스스로 상사의 입장이 되어서 자신의 모습을 바라볼 수 있어야 한다.

✦ 성공하는 사고, 역지사지(易地思之)

Fedele Fischetti (Naples 1734–1789), Alexander cutting the Gordian knot

　　회사는 다양한 사람들이 함께 협력해 나가는 조직이다. 그러므로 아무 혼자 뛰어난 능력을 발휘한다고 해도 협력하는 자세를 갖지 못한다면 능력을 인정받을 수 없다. 협력을 이끌어내기 위한 기본 태도는 상대의 입장을 이해하는 데에서 출발한다. 즉 자기 입장을 넘어 상대방의 입장이 되어보는 역지사지의 자세가 필요한 것이다. 역지사지의 중요성에 대한 칼럼 하나를 소개하겠다.

이종태의 '사이다 발언'
1,774개 규제 푼다. [6]

한 기업인이 문재인 대통령에게 '규제를 유지해야 한다면 그 이유를 공무원이 입증하도록 해야 한다'고 말한 게 1,790개에 달하는 정부 규제를 재정비하도록 만들었다. 정부는 2019년 3월 27일 "규제의 필요성을 공무원이 입증하지 못하면 이 규제를 폐지하거나 개선하는 '규제 정부 입증책임제도'를 전 부처에 적용하겠다."라고 발표했다. 아마 상대방의 입장 및 처지에서 설명할 수 있는 가장 적합한 비즈니스 사례일 것 같다. 실제로 기획재정부 담당 공무원에게 '저축은행에선 왜 해외로 송금하지 못하게 정부가 막고 있나?'라는 질문에 담당 공무원이 마땅한 이유를 찾지 못했다. 그래서 이르면 5월부터 자산 1조 원 이상 저축은행에 대해 해외 송·수금 업무를 허용하기로 했다. 기재부가 공무원이 규제 필요성을 직섭 입증하도록 한 '규제입증책임제'를 시범 실시한 결과로서 규제가 필요한지 입장을 바꿔 증명해 보라고 하자 31%가 규제가 필요 없게 나타났다.

이 사례와는 조금 다르겠지만, 직장에서 성공하기 위한 역지사지 정신과 자세에 대해 말해보고자 한다.

직장인들은 흔히 상사들로부터 성공하려면 CEO처럼 일해야 한다는 말을 듣곤 한다. 상사들은 CEO처럼 일하면 성공한다고 하면서도 정작 CEO처럼 일하는 방법에 대해서는 그 누구도 가르쳐 주지 않는다. 왜냐하면, 상사들 누구도 CEO가 되어보지도 않았고, CEO처럼 일

---

6 이종태의 '사이다 발언' 「1,774개 규제 푼다.」 한국경제 19.3.10. 기사

하지 않기 때문이다. 그러므로 상사의 조언이 귀에 들어오지 않는다. CEO와 같이 급여가 많지 않고, 권한도 없이 책임만 주어지는 게 현재 직장인들의 현실인데 어떻게 CEO처럼 일할 마음이 들겠는가? 특히 일과 삶과의 균형 잡힌 생활을 원하는 새내기 직장인들에게는 상사의 말이 전혀 마음에 와 닿지 않는 이야기일 것이다.

그렇다면 입장을 바꿔 CEO처럼 일한다는 거는 어떻게 일하는 것일까? 필자도 20년 동안 직장 생활을 하면서 그에 대해 많은 고민을 하면서 나름대로 정리한 게 있다. 그중에서도 필자가 느낀 간단하면서도 핵심적인 사항을 여기에 밝히고자 한다.

우선 직급이 올라가면 갈수록 경험의 시간과 직급에 맞는 업무와 고민을 하여야 한다는 것이다. 예를 들면 사원이 본인 업무도 모르면서 10년 후를 걱정하는 일을 하거나, 임원이 되었으면서도 여전히 직원 시절에 해 오던 실무적인 일에 집착해서 방향성을 고민하지 않고, 지시하기만 하는 이들이 있다. 단언컨대 이들은 장기적으로 결코 성공할 수 없다. CEO처럼 일한다는 것은 자기 위치와 공간에 걸맞은 시간적인 일을 하는 것이며, 그중에서도 인정받는 직원들은 자기 위치 공간보다 한 단계 더 시공간을 확장하여 생각하고 그에 따라 일을 한다. 이러한 사고와 실천의 자세를 가진 이들이야말로 더 성공할 가능성이 큰 직원이라고 하겠다. 자기 직급보다 한 단계 더 높은 시각에서 더 넓은 영역을 바라보며 일을 한다는 의미는 사원은 팀장의 입장에서, 팀장은 부서장 또는 임원의 입장이 되어서 생각하는 것을 말한다. 또한, 임원은 CEO의 입장이 되어 생각과 의사 결정을 하게 된다면 반드시 성공할 수 있을 것이다.

필자의 주변에는 아직도 위치 공간과 시간 공간을 구분하지 못하고 직장 생활을 하고 있는 직원들이 많다. 직급(위치 공간)은 성장하지만, 여전히 시간 공간에 맞는 업무를 성장시키지 못하는 직원들의 특성은 다음과 같다.

첫째, 시키는 일만 한다.

둘째, 묘수보다는 꼼수 위주의 임기응변을 주로 한다.

셋째, 자신의 의사를 뚜렷하게 밝히지 않는다.

직장으로서 성공하기 위해서는 다시 한 번 우리가 있는 공간을 생각해보고, 거기에 적합한 시간적인 공간에 맞는 고민과 일을 해 나가야 한다. 사원은 팀장의 입장이 되고, 팀장은 임원의 입장이 되고, 임원은 CEO의 입장이 되어 역지사지의 시각에서 자기 생각을 확장시킬 때 성공의 길이 활짝 열릴 것이다.

✦ Speed (독후감으로 얻은 경험)

　　필자는 1999년 대학을 졸업하고 회사에 입사하여 현재까지 재직 중이다. 신입사원으로서 설레는 마음으로 첫 출근을 하던 날을 지금도 잊을 수 없다. 내가 배치된 첫 부서는 회사의 채권을 관리하는 채권관리팀이었다. 채권관리팀은 사고채권관리, 여신관리, 담보관리 등의 업무를 담당하는 부서로서 주로 법적인 지식이 요구되는 업무가 많았다. 필자는 법대 출신이 아니었기에 아무래도 관련 용어와 업무시스템이 미숙할 수밖에 없었다. 그런데 하루는 팀장이 금요일 퇴근 무렵에 책을 한 권 주면서 월요일까지 독후감을 작성해서 제출하라고 지시를 했다. 월요일까지 책을 읽고 독후감까지 쓰려면 주말을 꼬박 매달려야 할 판이었다. 지금 생각해보면 말도 안 되는 지시지만, 그 당시에는 당연히 내가 지식이 부족한 관계로 당연히 해야 할 일이라고 생각이 들었다. 지방에서 올라와 한 칸짜리 자취방에서 생활하고 있던 나는 그 흔한 데스크톱 컴퓨터도 가지고 있지 않을 때였다(당시 노트북은 상당히 고가의 제품이어서 일반 가정집에서는 대부분 데스크톱을 사용하고 있었음). 할 수 없이 독후감을 작성하기 위해 토요일, 일요일 아무도 없는 회사에 나와 책을 읽고 회사 컴퓨터를 이용하여 독후감을 작성했다. 그리고 월요일 출근하자마자 독후감을 팀장에게 제출하였다.

독후감을 빈아든 팀장은 '어? 요놈 봐라?'라고 말하는 듯한 눈빛이었다. 지금 생각하면 팀장의 지시는 현업에 필요한 지식을 쌓으라는 의미였다기보다는 자기 부서에 새로 배치된 신입사원의 근성이나 태도, 열정을 시험해 보기 위한 것이 아니었나 싶다. 팀장은 내가 제출한 독후감을 한 번 쓱 훑어본 후 바로 서랍 속으로 넣었다. 그 후 독후감에 대해 어떤 피드백도 없었다. 하지만 그 일이 있은 후로 나를 대하는 팀장의 눈빛에 신뢰가 느껴졌다. 정식 사원으로 인정을 받고 첫 직장 생활을 시작할 수 있게 된 것이다.

어떻게 보면 그때 그 사건이 필자의 직장 생활 태도, 부하직원의 열정을 평가하는 데 큰 가치관을 형성시켜준 계기가 되었다. 또 하나는 우연히 읽었던 책에서 소개된 어느 직원의 사례를 이야기 하고 싶다.

그 직원은 장기간 해외출장을 하게 되면 돌아오는 비행기 안에서 출장 보고서를 작성하여 출근과 동시에 곧바로 상사에게 제출한다는 것이다. 출장에서 복귀한 후 사무실에 출근해서 작성을 해도 되지만 그럴 경우 기억이 흐려지기 시작하기 때문에 생생한 기억이 남아있을 때 작성한다는 것이다. 또한, 며칠 출장을 다녀와 사무실에 도착하면 자리를 비운 사이에 쌓인 다른 일들이 계속 겹쳐 발생하기 때문에 마음같이 출장 보고서를 자세히 작성하기가 쉽지 않고, 내용도 빈약해질 수 있기 때문이라고 한다.

필자는 상기 내용을 읽고 크게 공감했다. 그 이후 해외출장이 아니고 국내출장을 가더라도 업무를 보고 숙소에 돌아오면 곧바로 노트북을 열어 그날 일을 마무리 짓는 습관을 가지게 되었다. 어떤 때는 피곤한 상태로 새벽 3시를 넘겨가며 보고서를 작성한 후 눈을 붙이기도 하였다. 그리고 항상 회사에 출근하는 첫날 바로 상사에게 보고를 하였다. 실제로 그렇게 할 때가 그렇지 않을 때보다 더 정확한 출장 결과 보고서를 작성할 수 있었으며, 업무 효율성도 좋았다.

나는 지금도 가끔 직원들에게 어려운 과제를 주고 주어진 과제를 얼마나 끈기 있게 해내는가에 따라 직원들을 평가하기도 한다. 대부분의 직원은 이 과제를 넘지 못하고 현실에 순응하는 자세를 보이곤 한다. '시간이 없어서…', '아이디어가 떠오르지 않아서…'라며 핑계를 대기도 하고, 어떤 직원은 못하겠다고 그냥 퇴근을 해버리기도 한다. 당연히 그 직원은 수년의 세월이 지나도록 자기발전을 이루지 못하고 그저 하루하루 시간을 보낸다. 그러한 태도가 쌓이게 되면 미래에 더 이상의 발전은 기대하기 어려울 것이라고 필자는 생각한다.

반명 어떤 직원들은 실현 가능성이 없더라도 새로운 접근 방법을 제시하기도 한다. 또한, 문제를 해석해서 대안을 제시하는 직원들도 가끔 있다. 지금 당장은 빛이 나지 않지만 그러한 태도와 열정은 언제가 다이아몬드처럼 빛나게 될 것임을 의심하지 않는다.

지금은 시대가 바뀌어 책상 앞에 오래 앉아있는 직원보다는 업무를 잘하고, 회사가 원하는 성과를 내는 창의적 직원이 성공하는 사회이다. 하지만 직장인으로서 첫발을 디딘 초년병이라면 자신에게 주어진 지시를 최대한 신속하게 수행하는 것이 필요하다. 직장인으로서 생존의 비법을 딱 한마디만 조언하자면 나는 무엇보다도 '신속한 업무 태도'를 꼽고 싶다. 남다른 업무 Speed는 점차 더 경력이 쌓이고 성장할수록 분명 다른 직원과 차별화된 경쟁력의 요소가 될 것이다.

✦ FM(Field Manual-승리하는 게 FM이다)

1차 세계대전 최악의 비극 '솜전투'[7]의 사례를 보자

1차 세계대전이 한창이던 1916년 7월 1일 영국군은 장병 19,240명 전사하고 35,493명이 부상을 입는 참패를 겪게 된다. 영국군은 이날 전선에서 고작 700m밖에 전진하지 못했다. 그날 오전 7시 30분 공격 개시를 알리는 호각소리가 울렸다. 역사적인 솜 전투가 개시된 것이다. 같은 시각 손목시계를 들여다보고 있던 수백 명의 소대장이 동시에 호

---

7 국방TV 유튜브 채널 〈결정적 하루 3〉의 내용을 참조함

각을 불었다. 영국군 제3군, 4군 병사들은 그 호각소리를 듣고 참호에서 나와서 대열을 정비하였다. 정렬을 마친 영국군은 독일군이 방어하고 있는 곳을 향해서 교범에 적힌 대로 똑바로 선 채로 전진해 나갔다. 적진의 독일군은 함정을 파고, 목책을 세워놓고 철조망을 쳐놓고 기다리고 있었다. 영국군은 독일군의 진지 곁으로 접어들었을 때 매설해 놓은 지뢰 터지기 시작했다. 독일군은 그때를 기다려 일제히 기관총 사격을 개시하였다. 영국군은 들어오는 족족 다 죽어버리고 모든 전선에 걸쳐 학살을 당하게 된다. 그런데도 영국군은 공격전술을 바꾸거나 새로운 명령을 내리지 않았다. 교범에 쓰인 대로 더 많은 부대를 보내는 것 외에는 다른 계획을 갖고 있지 않았던 것이다. 상황은 거기에서 끝나지 않았다. 상부에서는 '더 빨리 더 많은 병력을 투입하라'는 명령만을 앵무새처럼 반복하였다. 심지어는 전쟁이 끝날 때까지 지휘관의 전략은 변하지 않았다.

이 전쟁에서 영국군 하루 평균 희생자 수가 2,500명이었다. 전사자의 수가 새로 도착한 신병의 수보다 많을 정도였다. 역사학자들이 1차 대전이 끝난 이유가 본토에서 병사를 차출하여 보낼 수 있는 군 입대 적령기의 남성이 모두 사라졌기 때문이라고 말할 정도이니 1차 세계대전이 얼마나 무모한 정쟁이었는지를 알 수 있다.

왜 이런 일이 일어났을까? 군대에는 전쟁을 수행하기 위한 군사교리 야전교범이라는 규범이 있다. 1차 세계대전 당시에는 행정규칙이라고 불렀다. 전시에 이 규칙은 반드시 지켜야 하는 일종의 법이라고 할 수 있다. 프랑스군은 이 규칙에 따라 무조건 공격우선주의를 따랐고, 영국도 프랑스의 교리를 받았고 이어서 미국도 역시 프랑스와 영국의 교리를 받아서 전쟁을 수행했다. 프랑스의 포슈 장군은 "전쟁을 한다는 것은 항상 공격한다는 것을 의미한다."라고 말했다. 예전의 장군이나 예전 군대의 교리는 나름 당시의 현실에 맞도록 만들어진 것 일터이니 지금의 시각으로 함부로 평가하는 것은 적절치 않을 수 있다. 하지만 이런 무모한 공격 정신은 상당히 무식하고 무모할 뿐이라고 생각한다.

1차 세계대전 당시의 전투는 그렇듯 매우 비효율적이고 비인간적이었다. 반대로 독일군은 전투 현장에 있는 지휘관에게 큰 융통성과 상당한 독립성을 보장해서 변화하는 상황 위협에 바로바로 대응할 수 있는 준비를 한 상태였다. 이것이 바로 육군에서 강조하는 임무형 지휘 체계이다. 포탄이 쏟아지는 곳은 피하고, 적이 기관총을 대고 있는 곳은 우회하여 전진하는 것이었다. 독일군은 초반에 이러한 전술로 많은 전투를 승리로 이끌 수 있었다. 그런데 2차 세계대전 때는 상황이 달라졌다. 미국은 프랑스군, 영국군, 독일군, 일본군의 교리를 연구해서

지휘관들에게 최대한 재량권을 부여하고 전투 현장에서의 민첩성, 적응성을 강조하는 교리를 개발하였다. 미군은 이 교리를 2차 세계대전 초기부터 적용하기 시작하였고, 그것이 어느 정도 정리되면서부터 나온 것이 필드 매뉴얼(FM) 야전교범이다. 야전교범은 미국의 발명품이었으므로 2차 세계대전을 계기로 하여 교리의 패러다임이 유럽에서 미국 패러다임으로 넘어오게 되었고 전 세계 대부분의 군대에서 미국의 교범을 따르게 되었다.

대한민국의 모든 건강한 성인 남자들은 모두 신성한 국방의 의무를 지게 되어있다. 군대를 갔다 온 사람이라면 누구나 FM에 의미를 알고 있을 것이다. 우리가 알고 있는 FM의 의미는 일명 '원칙대로 해야 한다'이다. 이러한 군대에서 사용되는 문화가 직장 생활에서도 이어지고 있으며, 업무의 기준을 수립 후 그 기준에 맞게 일 처리가 진행되는 게 일반적인 업무의 시스템이다.

그렇지만 일을 하다 보면 원칙대로 안 되는 경우가 허다하다. 그로 인해 내부 갈등이 발생하는 일을 누구나 한두 번은 겪어보았을 것이다. 또한, 원칙대로 일을 처리해도 문제가 발생한 경우가 있다. 왜 원칙대로 일을 처리했는데 갈등이 생기고 문제가 발생할까?

원칙은 과거 시점을 기준으로 만들어지기 마련이다. 다시 말하면 과거 그 시대에 맞는 내·외부 환경에 최적화된 합리적인 기준을 수립한 것이다. 원칙을 세울 당시에는 그 원칙과 기준이 맞았으나 그 이후 시간이 흘러 현재는 원칙이 맞을 수도, 맞지 않을 수도 있는 경우가 발생하게 된다. 예를 들면 어떤 원칙들은 5년 전에 누구인지도 모르는 같은 팀원에 의해 만들어진 것도 있고 어떤 기준들은 누가, 왜 만든 지도 모르는 것들이 계속 이어져 온 것도 있다. 이렇듯 상황이 바뀌었는데도 주변은 돌아보지 않고 원칙이라는 이유로 정형화된 회사의 기준대로 일을 하게 되면 그때는 맞았지만 지금은 틀리는 문제가 발생하게 되고 그것이 갈등 요인이 된다.

마케팅 예를 살펴보자. 새로운 판매 전략을 수립할 때 일반적으로 경쟁사의 과거 전략을 토대로 가격정책, 유통정책 등을 수립하게 된다. 만일 경쟁사가 전년도에 3,000원에 판매했다면 그 가격을 기준으로 2,500원 판매 전략을 수립하게 되는데, 예측과는 달리 실제 시장에서 경쟁사가 올해 판매가격을 1,000원으로 대폭 하향 조정한다면 당연히 그에 맞춰 당사의 전략을 수정해야 한다. 그런데 원칙에 따라 2,500원에 가격 기준을 세웠으니 변화를 주지 않고 계속 그 기준을 유지하게 된다면 결국 제품은 판매되지도 못하고 폐기하게 될 것이다.

그러한 상황이라면 당연히 경쟁사 전략에 맞춰 가격을 내려야 하고 가격을 내린 만큼 수익을 확보하기 위해서는 그에 따른 판매 목표 수량도 변화가 있을 거고 그에 대한 책임도 져야 한다. 하지만 실제 업무 속에서 필자가 지켜본 대부분의 직원은 원칙을 변화시키기보다는 의외로 낡은 원칙에 얽매여 시장의 변화에 능동적인 대처를 하지 못하는 경우가 많았다.

왜 그럴까? 그것은 한마디로 편하기 때문이다. 원칙과 기준을 변화시킨다는 것은 무언가 새로운 기준을 만들어야 하고 본인의 업무량도 늘어나고 그에 대한 책임도 져야 하기 때문에 대부분 그러한 시도하지를 하지 않게 된다.

이렇듯 FM대로 일을 한다는 것은 원칙과 기준을 알고 업무를 추진하되 그 상황에 맞게 민첩하게 능동적으로 일을 처리해서 전쟁에서는 고지를 탈환하고, 업무에서는 업무의 본질을 파악하고 목표를 달성하기 위함이다. 하루가 다르게 빠르게 변화하는 환경 속에서 FM의 본취지를 이해하는 중간관리자가 많을수록 그 조직은 경쟁력을 가지게 될 것이라고 판단되며 또한 이렇게 실행하는 관리자는 직장 생활에서도 빛이 나고 개인 스스로도 성장할 것이다. 그렇지 못한 관리자와 직원들은 솜 전투의 장병들처럼 무방비 상태로 서서 나아가다가 누가 쏜지도 모르는 총알에 쓰러지고 말 것이다. '나는 원칙에 따라 최선을 다했는데…'라는 의구심을 가지면서 말이다.

 Tip

기준과 제도는 항상 변화하기 마련이다. 새가 알을 깨부수고 나와 비상(飛上)해야 할 시점에 아직도 기준이라는 틀에 얽매여서 날지 못하고, 알이라는 울타리 속에 갇혀서 안주하고 있는지 보아야 한다. 직원들에게 적절한 권한을 주고 어떠한 상황에도 대처할 수 있게 역량을 키워야 하며, 결국 이겨서 목표를 달성하게 하는 것이 FM이다.

✦ 하버드대 인생 연구(목표하는 미래를 상상하라)

　　하버드 대학의 놀라운 연구 결과 중 하나로 목표, 곧 꿈이 사람의 인생에 끼치는 영향에 대한 조사가 있다. IQ와 학력, 자라온 환경 등이 서로 비슷한 사람들을 대상으로 실험을 한 결과 놀라운 사실을 발견할 수 있었다. 27%의 사람은 목표가 없고, 60%는 목표가 희미하며, 10%는 목표가 있지만 비교적 단기적이라고 응답하였다. 단지 3%의 사람만이 명확하면서도 장기적인 목표를 갖고 있었다. 그리고 이들은 25년 동안 끈질기게 연구한 결과 재미있는 사실이 발견되었다. 명확하고 장기적인 목표가 있던 3%의 사람은 25년 후에 사회 각계의 최고 인사가 되었다. 10% 단기적인 목표를 지녔던 사람들은 대부분 사회의 중상위층에 머물러 있었다. 그들은 단기적인 목표를 여러 번에 나누어 달성함으로써 안정된 생활의 기반을 구축하였으며 사회 전반에 없어서는 안 될 전문가로 활동하고 있었다. 그중 목표가 희미했던 60%는 대부분 사회의 중하위층에 머물러 있었다. 그들은 모두 안정된 생활환경에서 일하고는 있지만, 10%의 사람들에 비해 뚜렷한 성과는 없었다. 우리가 주목해야 할 것은 바로 27%의 목표가 없던 사람들이다. 그들은 모두 최하위 수준의 생활을 하고 있었고 취업과 실직을 반복하며 사회가 나서서 구제해 주기만을 기다렸다. 때로는 남을 미워하고 사회를 원망하면서 말이다.

과연 나는 어디에 속한 사람인가? 3%, 10%, 아니면 60%? 자신이 내리는 답에 자신의 미래가 달려있다. 이 법칙은 냉엄하다. 적어도 10% 범위에 든다면 3%의 범주에 속하려는 결단을 내려야 한다.

상위 10%에 들기 위한 직장인들의 목표 달성을 위한 성과 분석 및 전략 기법으로는 BCG 매트릭스 기법, SWOT 분석, 가치사슬, 마이클 포터의 경쟁 전략 등 여러 가지가 있으나 여기서는 일반 직장인들이 가장 많이 활용하는 KPI 평가 방법에 대해 간략히 설명하고자 한다.

KPI(Key Performance indicator)는 목표를 성공적으로 달성하기 위해 핵심적으로 관리해야 하는 요소들에 대한 성과 지표를 말한다. 성과 측정의 대상으로 과정이 중요한 이유는 과정을 관리함으로써 단기 목표를 달성할 수 있을 뿐 아니라 중장기적인 목표도 도달할 수 있기 때문이다. KPI를 도출하고, 활용하는 궁극적인 목적은 구성원들을 기업이 원하는 방향으로 동기를 부여하여 목표를 달성하는 데 있다.

따라서 KPI를 도출할 때 가장 중요하게 고려하여야 할 원칙은 KPI 활용을 통해 구성원들에게 동기를 부여하고 목표를 달성할 수 있느냐이다. 바람직하지 못한 원칙으로 KPI를 활용할 경우에는 구성원들의 사고와 행동의 초점을 잘못된 방향으로 이끌게 되며, 이는 궁극적으로 구성원들의 의욕 저하를 초래하고 기업 전체의 성과를 저하시키는 결과를 초래할 수 있다.

기업들이 KPI를 도입하는 이유는 KPI가 목표 달성 과정에 대한 객관적 지표를 통해 과정 관리를 하여 조직의 업적을 달성하게 하고, 직원들을 통제, 평가하기 위한 유용한 경영학적 매니지먼트 기법이기 때문이다. 그러한 이유로 현재 많은 기업에서 이를 도입하고 성과평가 도구로 활용하고 있다. 하지만 기업 현장 실무에서 KPI 방법론 적용 시 많은 부작용과 실패 사례가 나오기 마련이다. 여러 가지 학문적 정교한 원인이 있기 마련이지만 필자는 경영학박사도 아니고 더구나 KPI

방법론에 대해 이론적 지식도 완벽하지 못하기 때문에 하드웨어적인 측면과 방법론적 측면에서는 이야기하지 않겠다.

필자가 실무에서 바라본 대부분의 실패 요인은 KPI 방법론을 도입하는 인사평가 부서와 그것을 실행하는 실행부서 간의 완벽한 실행 준비가 되어있지 않았기 때문이었다. 형식상의 준비는 물론 도입부서에서 2~3번의 관리자 교육도 시키고 평가의 중요성도 강조하고, 시스템도 구축해서 오류를 최대한 줄이고자 하나, 역시 업무는 사람이 하는 것, 그걸 활용하고 실행하는 직원들의 준비가 되어있지 않기 때문에 효과가 나오지 않는다고 본다. 필자가 팀장으로 있을 때도 팀 조직의 KPI를 잘 받기 위해 팀원들의 목표 수준을 낮게 잡기 때문에 팀원들도 KPI 목표를 높은 수준의 성과 목적으로 운영하지 못했으며, 오히려 높은 수준의 목표를 가지는 팀원들이 능력은 있지만 제대로 된 평가를 받지 못하는 불합리한 사례가 발생하기도 하였다.

그렇다면 필자가 말하는 준비라는 것은 무엇인가? 우선 KPI에 대한 명확한 경영 철학을 가지고 있어야 하며 이 내용이 전 조직원들 사고에 뿌리내려야 한다는 점이다. 필자의 경우에는 우리 조직원들에게 KPI란 '현재보다 더 나은 미래 모습으로 변화하기 위해 개인의 직무에서 고민을 통해 과제를 선정하고 선정된 과제와 관련된 열정적인 실행을 통해 숫자를 변화시키는 것'이라고 정의 내리고 코칭을 하였다. KPI 과제 선정 시 그 과제를 달성하여도 미래의 모습이 변화하지 않는다면 그 과제를 선정할 이유가 없다.

예를 들면 어떤 직원이 평가에서 S를 받기 위해 매월 정기 보고를 작성했다면 그걸 승인해 준 관리자가 있기 마련이다. 회사에 나와 자기 업무에 대해 정해진 시간에 보고를 하는 것은 월급을 받는 직원으로서 아주 당연히 해야 할 사항이며, 이걸 제때 안 한다면 퇴사시키는 게 당연하다. 또한, 매번 보고를 하는 게 목적이 되면 그 보고 질에 상관없이 평가를 잘 받게 되기 때문에 정작 직원들이 열정적으로 일에 몰입할 수 없게 된다. 설령 보고를 정확히 매월 했음에도 현재나 미래나 변화가 없다면 그 직원은 잘못된 KPI 과제를 가지고 있다고 볼 수 있다. 이런 KPI 과제는 평가만을 잘 받기 위해서 작성할 뿐이고, 이러한 과제들이 조직 전체에 쌓이게 되면 조직 성과 KPI는 좋으나 회사는 발전되지 않게 되어 평가와 변화가 일치되지 않는 문제가 발생하게 된다.

그러므로 KPI 선정 시에는 관리자들은 팀원들이 선정한 KPI에 해당 직원의 고민이 녹아 들어가 있는지, 그리고 목표를 선정함에 있어서 열정적인 실행 계획이 들어가 있는지 살펴야 한다. 팀원들은 KPI 과제 선정 시 이 KPI를 달성으로 변화될 미래의 모습에서 벅찬 희망을 가질 수 있는지 확인하여야 한다. 즉 도전적인, 정말 하고 싶어 가슴 뛰는 과제를 선정하는 게 중요한 것이다.

KPI가 선정되면 매월 1회 본인들이 스스로 작성한 연간 KPI 기준으로 중간 과정 평가를 하게 된다. 이때 반드시 전 조직원이 있는 데서 서로 발표하게 되면 선의의 경쟁의식이 조직 내부에 싹트게 되는 부수적인 긍정적인 효과도 얻을 수 있다. 또한, 관리자도 이전에는 연공서열에 의해서 평가가 되었지만, 직급을 떠나 직원들의 업적을 보게 되므로 평가의 공정성도 찾게 되고 조직이 발전하는 모습을 보게 될 것이다.

KPI가 보여주기가 아닌 조직과 자기가 성장하기 위한 도구로써 잘 설정하고 꾸준히 실행하면 반드시 직장 내 상위 10% 안에 들 수 있다고 확신한다.

 Tip

지금 하고자 하는 중요한 업무 목표를 달성하기 위해 매월 1회 정도는 소통의 시간을 갖도록 하자. 그리고 작은 변화에 대해서도 꼭 표현하고 칭찬하며, 1년 후에 나타날 변화를 구체적으로 머릿속에서 그려보고 상상해 보라. 긍정적인 변화가 예측된다면 비로소 일하는 게 즐겁고 달콤한 성공의 맛을 보기 시작한 것이다.

✦ 개찰기와 단말기(혁신을 추구하라)

      선대인경제연구소 선대인 소장과 30년 경력의 재일교포 사업가이자 공학박사인 염종순 대표와의 인터뷰 내용 중 재미있는 일화를 발견하였다. 염종순 박사는 일본 정부에서도 근무한 경력이 있는 IT 분야 전문가이다. 이 분이 10년 전쯤 부산을 방문했을 때 KTX를 타기 위해 부산역을 찾았다고 한다. 표를 사고 열차를 타기 위해 개찰구(열차 승차장으로 들어가기 전에 직원에게 표를 확인받는 곳)를 찾는

데 보이지 않더라는 것이다. 역 주변을 한참 헤매다 결국 승차 시간이 되어서 개찰을 하지 않고 그냥 KTX 열차에 올라 승차권에 표시된 좌석을 찾아 앉았다. 정당하게 요금을 지불하고 산 표였지만 개찰구에서 직원에게 확인을 받지 않은 상태여서 왠지 부당한 행동을 하기라도 한 것처럼 불안감이 들었다고 한다. 그는 마침 객실 복도를 지나가는 승무원에게 "개찰구를 찾지 못해서 그냥 열차를 탔는데 괜찮나요?"라고 물었다. 그랬더니 승무원은 "개찰구가 왜 필요합니까?"라고 묻더라는 것이다. 염종순 대표가 다시 물었다. "개찰구가 있어야지 승객이 탔는지 안 탔는지 알 수 있지 않습니까?" 그의 반문에 다시 승무원이 이렇게 말했다.

"우리는 단말기가 있어서 승객 탑승 여부를 다 압니다. 그래서 열차역에 개찰구가 사라진 지 이미 오래되었습니다."

염종순 대표는 승무원의 말을 듣고는 망치로 얻어맞은 것처럼 잠시 충격에 빠졌다고 한다. 자신이 디지털 트랜스포메이션 컨설팅을 하는 IT 전문가로서 그러한 시스템을 충분히 상상할 수 있는 사람이었다. 그럼에도 불구하고 디지털 시대에도 당연히 기차역에는 개찰구가 필요하다는 생각을 가지고 있었던 것이었다.

일본도 모든 기차역에 디지털 시스템을 도입하였다. 일본은 개찰구를 고도화하는 방식, 즉 기존의 시스템을 유지하면서 개선을 하는 방식을 택한 것이다. 반면 한국은 개찰구 자체를 없애는 방식으로 사고의 전복을 통한 변화를 이끌어낸 것이다. 일본은 개찰구를 고도화하면서 개찰구 하나당 1억 원씩 드는 개찰구를 일본 전역에 설치하였고 매년 상당한 금액의 유지보수 비용이 추가로 발생한다. 하지만 한국은 개찰구를 없앰으로써 일부 부정 승차 사례가 발생할 수는 있지만 99%의 정상적인 승객의 편익을 극대화하고 중시함으로써 문제를 해결할 수 있었다. 보통 1%의 부정승차를 막기 위해 99% 손님이 불편을 감수하게 하는 제도를 근본적으로 바꾸어 낸 것이다.

이노베이션은 두 종류가 있다. 뺄셈의 이노베이션과 덧셈의 이노베이션이다. 한국의 개찰구 없애기 전략은 뺄셈의 이노베이션이다. 덧셈의 이노베이션은 단순하고 저항 세력이 없다. 일본의 개찰구처럼 기존의 방식에 하나를 더하여 편하게 만들어 내는 방식이다. 하지만 뺄셈의 이노베이션은 많은 것을 바꾸어야 하기 때문에 기존의 방식에 익숙한 사람들로부터 저항이 많고 힘들다. 아날로그는 1에서 2로 가는 법은 없다. 1.2, 1.3, …. 1.7 패러다임 시프트를 하기 위해서는 뺄셈의 이노베이션을 해야 한다. 100에 완성도를 가지는 것도 좋지만 100의 완성도를 위해 많은 시간과 노력, 인원이 투입되는 것보다는 80의 완성도를 가지고 있더라도 적은 시간과 노력 효율성이 개선된다면 이게 더 좋은 방법일 수도 있다.

선대인 소장과 염종순 대표의 대담에서는 이노베이션에 관한 심도 있는 토론이 이어졌다. 업무를 함에 있어서 대부분의 직원들은 염종순 대표가 말한 덧셈의 이노베이션에 적응되어 있다. 왜냐하면, 덧셈의 이노베이션에는 업무적인 위험이 상대적으로 작기 때문이다. 다시 말하면 실패를 해도 크게 문제가 되지 않고, 작은 분야에서라도 개선을 하게 되면 스스로 책임감을 느끼고 있으며 열심히 직장 생활을 했다고 자위할 수 있기 때문이다.

필자 역시 지금까지 해온 일을 돌이켜 보면 대부분 덧셈의 이노베이션적인 일을 많이 해왔다. 월급쟁이 직원으로서 큰 혁신을 하게 되면 실패에 대한 두려움은 물론이려니와 그만큼 간절히 깊은 사고를 하지 못하였다. 굳이 이유를 대자면 그 당시에는 작은 개선만 해도 문제가 없었다. 이유는 개선의 속도가 변화의 속도를 따라잡을 수 있었기 때문이다. 하지만 최근에는 변화의 속도가 개선하는 속도보다 더 빨라지고 있으며, 과거에 경험하지 못한 새로운 법과 제도, 그리고 핸드폰, PDA 등 일하는 방식의 변화가 빨라지고 있다.

2018년 7월 1일 변경된 근로기준법에 따르면 종업원 300인 이상의 사업장과 공공기관은 주당 근로시간 52시간을 지켜야 한다. 과거에는 일과 삶과의 균형을 위해 기업마다 '매주 수요일은 가족과 같이 식사하는 날' 등을 규정하여 직장인들이 일찍 귀가할 수 있도록 했으나, 이제는 법에서 강제로 일일 근무시간을 8시간을 넘지 못하게 하고 있다.

또한, 이동 수단에도 변화가 나타나고 있다. 최근 퀵고잉(전동킥보드) 등 다양한 이동 수단도 등장하고 있으며, 이러한 변화는 업무 방법의 근본적 변화를 초래하게 된다.

일하는 방법이 근본적으로 변화할 때는 덧셈의 이노베이션(개선)보다는 뺄셈의 이노베이션(혁신)으로 업무를 추진해야 한다. 뺄셈의 이노베이션을 위한 사고 혁신을 이루기 위해서는 다음과 같은 요소를 고려해야 한다.

첫째, 일의 본질을 봐야 한다. 왜 이 일을 해야 하는지 일의 본질을 보지 못하게 되면 업무 담당자들은 지엽적인 수준의 개선 활동에 집착하게 된다. 그렇다면 일의 본질을 본다는 것은 어떤 의미일까? 왜 변화하려고 하는지, 혁신의 목적이 무엇인지 명확히 개념을 정립할 수 있을 때 일의 본질을 이해했다고 할 수 있다.

둘째, 올바른 변화의 결과를 도출하기 위해서는 역으로 사고하는 습관을 길러야 한다. 혁신에 대한 명확한 목표가 설정되면 가장 이상적인 미래의 모습을 먼저 상상하고 거기에 맞춰 지금 하고 있는 업무 중에서 무엇을 혁신해야 하며, 무엇을 없애야 하는지 등을 자연스럽게 파악할 수 있기 때문이다. 그렇지 않고 현재 시스템과 사고를 그대로 둔 채 혁신을 하겠다고 출발하게 되면 장애 요인이 너무 많아서 결국 가보지도 못하고 좌초하게 되는 경우를 많이 보았다.

셋째, 작은 부분을 양보하는 생각의 전환이 필요하다. 근본적인 혁신적 변화를 추구하는 과정에서 일정 부분 낭비되는 비용이 발생할 수 있다. 하지만 작은 비용을 지키려다 자칫 잘못하면 또 다른 매니지먼트를 발생시켜 업무 과부하와 비효율이 발생할 수 있기 때문에 비용

절감과 업무 효율을 선택하라고 하면 과감히 업무 효율을 선택하는 편이 낫다.

이제는 IT기기의 발전 및 급속한 업무 방식의 변화가 업무 개선의 속도보다 앞서기 때문에 많은 저항과 반발이 있겠지만, 실패를 두려워하지 말고 개선보다는 혁신을 통해 일하는 습관과 변화시키려는 노력이 필요한 시대가 된 것이다.

 Tip

우리나라 최초의 여성 투표권은 1948년 5월 10일 시행되었으며, 민주주의의 대명사인 스위스는 1971년에야 비로소 여성이 투표권을 가지게 됐다. 아무것도 없이 시작한 대한민국의 경우 오히려 더 혁신적으로 민주주의 제도를 시행할 수 있었으나, 기존 제도와 민주주의 전통의 바탕에서 서서히 발전한 스위스는 역설적으로 한국보다 늦은 1971년에서야 여성 투표권이 주어졌다. 이렇듯 혁신을 위해서는 일하는 방법과 사고를 바꾸는 게 가장 좋다. 지금 당장 자기가 하고 있는 업무 중에 바꿔도 되는 것, 버려도 되는 것을 찾아서 전혀 새로운 방법과 시스템을 하나라도 만들어보자.

✦ 종합건강검진(일의 원리)

　　성인이 되면 누구나 다 종합건강검진을 받게 된다. 건강
검진을 받기 위해서는 다음과 같은 절차를 거치게 된다. 우선 옷을 검
진용 가운으로 갈아입고 정해진 절차에 의거 피검사, 엑스레이 검사,
청력 검사, 치아 검사, 소변 검사 등 우리 몸에 관련된 다양한 항목별
로 검사를 하여 몸의 건강 상태를 체크하는 것이다. 검진 이 끝나면 며
칠 후 피검진자는 항목별로 이상 유무가 적힌 검진표를 받게 된다. 종

합건강검진은 발병 가능한 질병 요소를 알려주고 미리 예방할 수 있게 도움을 준다.

피검진자들은 의료 지식에 관한 전문가가 아니다. 또한, 의료기기 관련 작동원리를 다 이해할 필요도 없다. 피검진자들은 이후 병원에서 보내준 기록만 보더라도 자기 몸이 어디가 아픈지, 건강한지 건강검진표를 통해 알 수 있고 그 결과에 따라 향후 어떻게 몸 관리를 해야 할지, 어떤 약을 복용해야 할지 알 수 있게 된다.

어떻게 전문가도 아닌 피검진자들이 자기 몸이 안 좋은지 인식할 수 있을까? 또한, 의사들은 그 복잡한 분야를 어떻게 종합적으로 인식하여 약을 처방하고 진단을 할 수 있을까? 이유는 간단하다. 오랜 기간의 연구와 진료를 통해 우리 몸의 건강지표들을 표준화시켰기 때문이다.

예를 들어 고혈압은 정상 수치(이완기 80~수축기 120)를 넘어섰는지에 따라 판단한다. 정상 수치를 벗어나면 객관적으로 건강상의 문제가 있는 거로 인식하게 되고 그에 따라 환자는 병원을 찾아가게 되며, 의사들 역시 그 수치를 보고 정해진 처방 기준에 따라 약을 처방해 준다.

직장인들이 하는 일의 원리도 종합건강검진 시스템과 유사하다고 볼 수 있다. 하지만 대부분의 직장인들은 아직도 일하는 원리를 이해하지 못하고 있다고 본다. 직장인들의 숙명은 무엇인가를 항상 개선해야 하고 업적을 내야 한다는 것이다. 회사에서는 이렇게 업적을 내고 개선하기 위해 다양한 경영관리 기법이 총동원된다. 예를 들면 개인별, 부서별 KPI를 작성해서 정기적으로 성과 관리를 평가하는데, 대부분의 직원들이 KPI를 정하고 평가하는 것을 상당히 어려워들 한다.

왜 어려워들 할까? 여러 가지 이유가 있겠지만 그중의 하나는 본인의 업무를 스스로 분석하지 않았기 때문이다. 다시 말하면 본인 업무를 건강검진표처럼 분석하고, 기준을 정하고 잘하고 있는지, 못하고 있는지 객관적으로 평가를 해야 하는데 대부분의 직원들이 매일매일 일을 하지만 스스로를 평가하는 데까지는 나아가지 못한다.

대부분의 업무는 매월 결산을 하게 된다. 그러면 부하 직원들은 무수히 많은 숫자와 데이터를 상사들에게 보고하는데 그 숫자와 데이터가 무엇을 의미하는지? 어디가 잘 못 되어있는지 정작 본질은 파악하지 못하는 경우가 많다. 그렇기 때문에 무엇을 개선해야 하는지, 무엇을 변화시켜야 하는지를 모르고 그냥 지나치게 되는데 그것이 문제라고 생각한다.

필자의 경험을 통대로 할 때 일의 원리와 일을 잘하는 방법을 간략히 정리하면 다음과 같다.

첫째, 자기 업무를 낱낱이 분석해서 수치화해야 한다. 어떤 직원들은 영업부가 아니면 자기 업무를 수치화하기 어렵다고 생각하기도 하고, 수치화해서 평가하기가 어렵다고들 하는데 기준을 정확히 정하면 그 어떤 업무도 수치화가 가능하다. 팀장 이상 관리자들은 직원들이 업무를 수치화할 수 있도록 코칭해 주는 게 무엇보다도 중요하다.

둘째, 수치화된 업무를 평가해서 기준을 수립해야 한다. 이 의미는 본인이 어떤 업무를 하고 있으면 어떤 수준이 잘하고 있는 수준인지, 어떤 수준이 못하고 있는 수준인지에 대한 평가 기준을 마련하고 정리하라는 것이다. 대부분의 직원들이 이러한 기준 없이 일을 하고 있는 게 문제다. 본인 일에 기준을 정하게 되면 한 달 후 결산할 때 본인이 일을 잘해오고 있는지, 못하고 있는지 알 수 있으며, 일을 잘 못 될 경우 그에 상응하는 적절한 대책(처방전)을 받을 수 있으며 이를 통해 업무를 개선해 갈 수 있다. 가이드라인 수립 시에는 관리자와 소통을 통해 적정 수준을 정하는 게 필요하다.

셋째, 가이드라인이 수립되었으면 이제 개선 과제를 도출해야 한다. 예를 들면 현재 업무 수준(결과)이 가이드라인보다 부족하다면 가이드라인 기준 범위 내 들어오기 위한 어떤 일을 해야 하는지 개선 과제(실행 방법)를 도출하고, 몇%를 개선해야 하는지 구체적으로 수치화할 수 있다. 이것을 가지고 향후에 본인이, 조직이 평가를 받을 수 있기 때문이다. 또한, 가이드라인은 항상 고정된 수치는 아니다. 영업 환경이 변화하기도 하고, 회사 내 정책이 변하기도 하기 때문에 수시로 어떤 수준이 적정한지 관리자와 업무 담당자는 항상 고민해야 한 단계 더 발전할 수 있다.

만약 지금도 조직이나 개인에게 수치화된 업무 가이드라인을 갖추고 있지 않다면 당장 이것부터 기준을 갖도록 실시해야 한다. 이것만 체계적으로 관리되어도 업무 누수를 줄일 수 있으며, 또한 업무를 발전시키고자 하는 긍정적인 변화가 찾아오고 직원들은 일하는 즐거움을 얻을 수 있을 것이다.

Tip

　조직이든 개인이든 업무 표준 매뉴얼(Guideline)을 만들도록 하는 게 중요하다. 업무 표준 매뉴얼이 이라고 하면 직무분장표로 오해할 수 있는데, 여기서 말하는 표준 매뉴얼이란 직무 분석을 통해서 지켜야 할 기준과 목표를 말하는 것이다.

　회사의 표준 매뉴얼(Guideline)을 다이어트를 하는 사람으로 예를 들면 다이어트를 위해 하루 먹어야 할 열량, 식단 등을 정하는 것이라고 할 수 있는데, 만일 다이어트 목표가 70kg이라면 70kg을 넘지 않도록 관리하는 것에 비유할 수 있다.

✦ 일기장(일에 몰입)

　　우리는 어린 시절부터 일기를 쓰라고 강요받는다. 누구나 초등학교에 들어가면 일기를 쓰고 선생님께 검사를 받고 '참 잘했어요.' 등 확인 도장을 찍는다. 지금 돌이켜 보면 어린 나이에 일기 쓰는게 매우 고통스러웠고, 왜 써야 하는지 몰랐기 때문에 일기의 필요성을 느끼지 못했다. 그 때문에 일기장 검사가 없어지면 대부분 일기 쓰기는 중단하게 된다. 대학생이 되어서도 잠깐 일기를 쓴 경험이 있는데 그 시절에도 오래가지 못했다.

꾸준히 하루하루의 일상을 돌이켜보고 고민을 적고 새로운 것을 꿈 꾼다면 그것이 바로 생활의 활력소가 되고, 과거를 돌이켜보면서 현재 를 반성할 수 있는 훌륭한 도구가 된다. 또한, 미래에 대한 명확한 인 생의 방향타를 가질 수 있었을 것이다. 그 때문에 지금 나에게 일기장 이 없는 게 너무나 아쉽기만 하다. 일기는 비록 작성하지 않지만 성인 이 되어 직장인이 되면 누구나 하는 게 있다. 일일 업무 계획, 주간 업 무 계획, 월간 계획, 연간 계획 등 다시 일기와 비슷하게 자기가 회사 에서 하루 동안에 무슨 일을 했는지 작성하게 된다.

하지만 코칭을 받지 않는 대부분의 팀원들의 일일 업무 보고는 관리 자의 입장에서 좀 독한 표현을 쓰자면 쓰레기와 같은 내용으로 채워져 있다. 그 쓰레기와 같은 내용을 보고하기 위해 팀원들은 하루 종일 자 기가 무슨 일을 했는지 시간대별로 나열하고 스트레스받고 없던 일을 만들기도 해서 업무의 효율이 떨어지게 된다. 또한, 이런 스트레스로 인해 회사 만족도도 낮아져서 결국 신입사원 시절 가졌던 열정을 바쳐 일하겠다는 의지는 사라지고 하루하루 일상생활에 치인 의미 없는 직 장 생활을 하게 된다.

관리자들의 적절한 코칭이 필요한 이유가 바로 여기에 있다. 관리자 들이 제대로 된 코칭을 하지 못하면 일일 보고, 주간 업무 보고는 자 칫 부하직원들을 괴롭히는 도구로 활용될 우려가 있다. 팀이 바라는 목표는 이루지 못하고 갈등만 양산되는 것이다. 필자의 경험에서도 많 은 관리자들이 부하 직원들을 혼내지만 정작 무엇을 어떻게, 왜 해야 하는지 모르고 혼이 났던 경우도 많았다.

회사의 결산은 매우 중요한 매니지먼트 기법 중 하나이고 어떻게 팀장과 팀원이 활용하느냐에 따라 팀이 건강함을 유지하는 보약이 될 수도 있고, 팀을 해치는 독약이 될 수도 있다.

나는 결산에 관련하여 딱 한 가지만 당부하고 싶다. '업무(하는 일)를 결산하지 말고, 꼭 해내야 할 일(목표)을 결산하라.'이다. 하루 동안에 일어났던 소소한 업무, 일상적인 업무를 나열하는 것은 의미 없는 결산이다. 일기장으로 비유하자면 '나는 오늘 아침 7시에 일어나서 8시에 학교에 갔다. 9~12시까지 수업을 받고 점심을 먹고, 나머지 수업을 받고 다시 집에 왔다.'라는 내용처럼 의미 없는 일들을 나열하는 것과 같다. 누가 이런 일기를 잘 쓴 일기라고 할까? 설령 이런 일기를 평생 쓴다고 해서 본인의 삶이 풍성해지고 개선되지는 않을 것이다.

우리가 해야 할 결산은 본인이 올해 이루고자 했던 내용에 대해 하루하루 얼마만큼 진척되었고, 어떤 성과를 냈으며, 어떤 문제점이 있었는지, 또한 관리자들한테 어떤 도움을 받고 싶은지를 결산의 내용으로 기재해야 한다. 또한, 팀장들을 그 내용을 평가하고 코칭을 할 때 훌륭한 결산이 되고 개인도 성장하며 조직도 성장하는 계기가 된다.

조직에서도 결산에 대해 명확히 개념을 가지고 관리자들을 교육시키고 훈련시켜야 한다. 이를 통해 조직이 가고자 하는 방향에 대해 한 방향을 이룰 수 있으며, 성과 중심의 조직 문화로 바꾸어 낼 수 있다.

다시 한 번 말하지만 결산을 어떻게 하느냐에 따라 직장인으로서 성취감을 느끼고 조직도 보다 더 발전할 수 있는 계기가 됨을 명심하기 바란다. 바람직한 관리자란 목소리 크고 무서운 관리자, 뛰어난 능력을 가진 관리자가 아니라 반드시 해야 할 일에 꼼꼼히 챙기고 목표를 이루게 하는 관리자임을 알았으면 한다. 그렇게만 할 수 있다면 여성 관리자들도 충분히 지금보다 더 높은 위치에서 뛰어난 관리자로 성공할 수 있다고 확신한다. 만일 오늘 이 순간에도 쓸모없는 일로 결산을 하는 직장인들이 있다면 오늘부로 과감히 그만두고 필요한 일에 몰입하기를 제안한다.

Tip

우리가 하고 있는 모든 업무에 대해 Frame을 바꿔보도록 하자. 대부분의 오래된 반복된 업무에 "Why?" 왜 이 일을 진행했는지, "Now" 현재도 필요한지에 대해 작성만 하게 해도 본인 스스로 불필요한 일은 버리게 되고 한 번 더 고민을 통해 성과 중심의 해내야 할 일에 몰입하게 되는 경험을 하게 될 것이다.

✦ 날씨 경영(시뮬레이션)

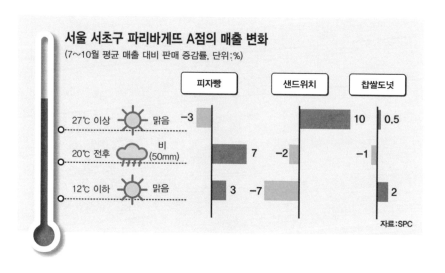

서울 서초구 파리바게뜨 A점의 매출 변화
(7~10월 평균 매출 대비 판매 증감률, 단위:%)

자료:SPC

　　　　일기예보의 가치는 얼마일까?[8] 기후변화는 장·단기적인 기후 현상의 변화뿐만 아니라 자연 생태계와 사회, 경제 시스템에도 커다란 영향을 미치기 때문에 기상 요인을 정확히 인지하고 기상 기후 빅데이터를 기반으로 기후변화가 각 산업에 미치는 영향력을 체계적으로 파악하는 것이 매우 중요하다. 실제로 미국에서는 농업 분야와 재난 대응 분야에서 기상기후 빅데이터 활용 분야를 확대해 나가고 있으며 글로벌 기업들은 이미 오래전부터 기후변화로 인한 위험을 사업 기

8　출처: 그린포스트코리아 '일기예보' 얼마의 가치? 2011.06.24. 블로그: 한국기상산업기술원

회로 삼아 기상기후 빅데이터를 활용해 기후변화를 미래 성장 동력으로 전환하고 있다.

세계적인 제약업체인 글락소 스미스클라인, 노바티스, 사노피아벤티스 등은 다년간의 기상기후 빅데이터를 분석해 기온상승에 따른 말라리아, 뎅기열 등의 전염병 피해 발생 규모를 사전에 예측하여 이를 예방하는 제품 생산에 꾸준히 투자를 증대하고 있다. 이렇게 기상기후 빅데이터를 기업 운영에 필요한 의사결정 및 마케팅에 접목시켜 매출 증대, 재해예방 등에 활용하는 것이 우리가 알고 있는 '날씨 경영'이다.

또한, 한국전력거래소는 기상기후 빅데이터를 국가 전력 수요 예측에 활용해 2012년에는 석탄 화력 3,566억 원, 양수 1,817억 원의 발전 연료비를 절감했다고 한다. 농업의 경우 기상기후 변화에 따른 대상작물과 파생작물 전략을 선별하고 중장기 영농정책을 수립할 수 있다. 농작물 생육에 영향을 미치는 기상요소인 기온, 일조, 증발량, 강수량 등에 대한 기상기후 빅데이터 시뮬레이션을 실시해 농업 생산량 증가 전략 수립에 따른 이익 증대 도모도 가능하다. 미국의 경우 기상정보의 가치를 매겨본 결과 가정에서 이용하는 일기예보의 총 가치는 연간 110억 달러며, 산업 분야의 경우 기상정보를 통해 연간 1억6600만 달러의 비용을 절감하고 있다.

어떻게 보면 미래를 예측한다는 것은 신의 영역에 도전하는 것과 같다. 먼 고대로부터 미래를 안다는 것은 큰 권력을 가진 것과 같다. 주술사들은 점술을 통해 미래를 예측하고, 고대 왕들의 경우 일식, 월식 예측을 통해 하늘과 통한다는 의식을 통해 지배권을 공고히 하곤 했다.

이를 오늘날에 적용해 보면 가장 우수한 금융가는 미래의 주가, 경제 방향을 잘 예측한 사람이라고 할 수 있다. 이 예측을 통해서 커다란 부를 누릴 수 있으며, 예측 가능한 미래를 잡기 위해 많은 노력을 기울이고 있다.

그렇다면 기업에서는 어떨까? CEO나 관리자들에게도 미래를 대비하여 어떻게 준비해야 하는지가 가장 중요한 관심사라고 할 수 있다. 우리가 흔히 말하는 가장 무능한 관리자는 멍부형(멍청하지만 부지런한) 관리자이다. 미래가 어디로 가는지 모르고 현재 기준과 사고에 집착하고, 투자를 하게 되면 독선과 아집으로 인해 회사에 부정적인 결과를 미치게 되기 마련이다.

필자가 직원들에게 자주 하는 말이 있다. '우리는 4칙연산(덧셈, 뺄셈, 나누기, 곱하기)만 할 줄 알면 된다. 거창하게 미분, 적분 알지 못해도 되고, 계산기만 작동시킬 수 있으면 회사 일은 다 할 수 있다'고 말이다. 하지만 그중에서도 우수한 직원은 4칙연산을 통해 시뮬레이션을 자주 활용하는 직원이다. 시뮬레이션은 누구도 할 수 있는 단순한 업무이지만, 반대로 누구나 할 수 있는 단순한 업무이니만큼 또 잘 사용하지 않기도 한다. 하지만 시뮬레이션만큼 업무에서 영향력을 미칠 수 있는 것도 없다. 직원들이 수시로 자발적인 시뮬레이션을 통해 상사에게 1년 후 예측, 거기에 필요한 인적·물적 자원, 제도·환경 리스크를 보고할 수 있다면 그만큼 업무에서 자신감 있게 권한을 위임받아 활동할 수 있을 것이다.

제약업종의 사례를 들면 제약업종의 경우 보험가라는 제도가 있어서 정부가 애초에 약가를 부여했을 때의 규모보다 더 많이 판매하여 보험 재정에 악영향을 끼치게 되면, 정부가 인위적으로 해당 제품에 약품 가격을 인하하여 보험 재정의 낭비를 보완하는 정책이 있다. 그렇다면 이러한 제도적인 리스크를 회피하기 위해 일반 사기업에서는 어떻게 해야 할까? 해당 제품의 사업계획을 수립하거나, 판매가 성장할 때 미리 시뮬레이션을 통해 일정 수준의 성장 가이드라인을 정해놓으면 거기에 맞게 마케팅·영업 활동을 시행하여 약가 인하를 방지하면 된다. 그런데 실제 현장에서는 그러한 간단한 시뮬레이션도 하지 않고 성장 위주로 활동을 하다 보면 성장해서 이익을 얻는 것보다 장기적으로는 약가 인하로 인해 손실을 보는 경우가 발생하기도 한다. 또한, 최근의 코로나19[9] 관련 사례를 보면 코로나 발생 초기에 이미 영국에서는 코로나19를 막을 수 없는 감염병이라고 판단하여 사전 방지를 하면 의료 시

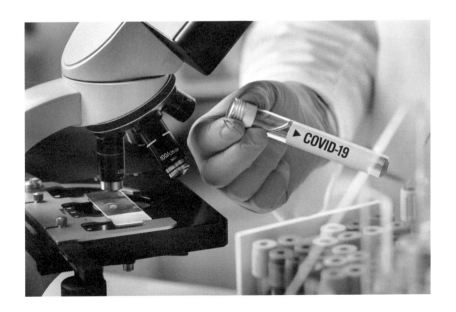

---

9 "코로나19로 영국인 내년 봄까지 790만 명 입원할 수도", 2020.03.16., MBC뉴스

스템 붕괴 우려가 예측된다면서 중증자만 치유하는 집단면역 체계를 고수하는 정책을 폈다. 그러나 머지않아 영국의 대책이 잘못되었음이 드러났다. 코로나19 여파가 내년 봄까지 지속될 것으로 예상되며 그로 인해 병원 입원자만 790만 명에 이를 전망이라는 영국 보건당국의 기밀보고서가 유출된 것이다. 2020년 3월 15일 영국 일간『가디언』이 입수한 이 보고서는 영국 공중보건국이 국민보건서비스 고위 관계자용으로 작성한 것으로, '향후 12개월 동안 인구의 최대 80%가 코로나19에 감염되고 이 중 최대 15%인 790만 명은 입원이 필요할 수 있다'는 전망을 담고 있었다. 가디언은 보고서에 대해 '코로나19 대응을 담당하는 보건당국 수장들이 코로나19가 향후 1년간 창궐할 것으로 예측하고 있음을 인정했다'는 의미가 있다고 설명했으며, 보고서는 이와 함께 코로나19 확산이 국민 건강은 물론 NHS, 경찰, 소방, 수송 등 분야 종사자의 건강에도 심각한 영향을 미칠 것으로 내다봤다. 또한, 보리스 존슨 영국 총리 자신조차도 3월 27일 코로나19 확진 판정을 받았으며 증세가 호전되지 않아 병원에 입원하는 상황이 전개되었다. 영국 정부는 집단면역 방침에서 이러한 시뮬레이션 결과를 바탕으로 일정 기간 자택 거주(stay at home) 정책으로 보건 정책을 수정하였다. 이렇듯 시뮬레이션은 미래를 예측하고 거기에 맞는 국가 및 기업 전략을 수립하는 게 중요한 경영기법의 한 요소이므로 아무리 사소한 것이라도 자신의 업무를 수시로 시뮬레이션해 보고 미래를 준비하는 자세를 가지고 우리 모두 신의 영역에 도전해 보는 것도 의미가 있을 것이라고 본다.

Tip

　시뮬레이션 경영은 어렵지 않다. 지금 하고 있는 업무에 가정을 넣어서 변화되는 숫자를 예측하고 보고하는 업무가 바로 시뮬레이션 경영이다. 가정은 크게 통제 불가능한 외부 요인에 의한 가정과 통제 가능한 팀이나 개인이 추진하고자 하는 성과로 인한 가정이 있다. 특히 후자의 경우 변화될 미래의 모습을 상사에게 보여주고 그 결과를 실행을 통해 보여드리는 훈련으로 그 과정을 통해서 성과를 더욱 돋보이게 할 수 있다.

✦ 『자전차왕 엄복동』 vs 『극한 직업』(스토리텔링)

　　얼마 전 화제를 불러온 한국영화 두 편을 소개하겠다. 먼저 영화 『자전차왕 엄복동』을 보자. 일제강점기 당시 조선총독부는 조선 민중의 민족의식을 꺾고 그들의 지배력을 과시하기 위해 전조선 자전차 대회를 개최한다. 하지만 일본 최고의 선수들을 제치고 조선인 최초로 우승을 차지한 엄복동의 등장으로 일본의 계략은 실패로 돌아가고, 계속되는 무패행진으로 엄복동은 민족 영웅으로 떠오르게 된다. 또한, 이 영화는 엄복동의 삶을 보여준다. 그러나 실제 엄복동의 행적을 보면 자전거 절도로 수차례 감옥에 갔으며 해방 이후에도 자전거 절도로 잡혀가는 등 민족 영웅과는 거리가 먼 인물이었다.

다른 한편 『극한 직업』이라는 영화는 마약반 형사를 다루는 영화로, 불철주야 달리고 구르지만 실적은 바닥, 급기야 해체 위기를 맞는 마약반의 좌충우돌기를 다루고 있다. 더 이상 물러설 곳이 없는 팀의 맏형 고 반장을 중심으로 국제 범죄 조직의 국내 마약 밀반입 정황을 포착하고 잠복 수사에 나서는데, 마약반은 24시간 감시를 위해 범죄 조직의 아지트 앞 치킨집을 인수해 위장 창업을 하게 되고, 뜻밖의 절대 미각을 지닌 마 형사의 숨은 재능으로 치킨집은 일약 맛집으로 입소문이 나기 시작하는 영화로서 '범인을 잡을 것인가, 닭을 잡을 것인가!'라는 내용으로 코믹영화의 진수를 보여준 작품이다.

앞선 두 작품의 최종 성적을 비교해 보자. 『자전차왕 엄복동』은 순수 제작비 120억에, 누적관객수 172,212명(손익분기점 400만 명)으로 엄청난 적자를 기록했다. 한편 『극한직업』은 순수제작비 65억, 누적 관객수 16,263,116명(손익분기점 200만 명)으로 엄청난 수익을 올렸다. 한마디로 한편은 소위 폭망한 영화이고, 다른 한편은 대박 친 영화라고 볼 수 있다.

회사원들의 경우 많은 경우에서 업무 보고를 PT로 제작 발표할 경우가 많다. PT 하면 떠오르는 인물은 스티브 잡스라고 볼 수 있으나, 현실에서 CEO가 아닌 이상 일반적인 회의 자리에서 상사에게 하는 발표 자료 시에 스티브 잡스처럼 발표했다가는 아마 오래 버티지는 못할 것이다. 시중에서는 PT를 잘하기 위해 서점에 가면 아주 많은 서적을 접하게 된다. 도형을 활용하는 방법, 서식을 꾸미는 방법, 데이터를 활용하는 방법 등이 많이 있으며, 이걸 잘 활용해서 보기 좋게 보고하는 직원들도 많이 있을 것이라고 본다. 필자의 사례를 들어보자면 부서 이동을 통해 부서장이 되었을 때 PT를 나름 잘한다는 직원이 있었다. 경험해보지는 못했지만 부서 내 다른 직원들이 인정하니까 그러려니 하고 있던 와중에 뭔가 하나 지시를 내리고 보고를 받게 되었는데 정말 그 직원은 색감도 좋고, 적절한 도형과 글자 포인트 어느 하나 보기 좋지 않은 게 없었다. 하지만 나는 그 직원이 보고한 PPT를 한참을 넘겨보다가 그 직원을 불러서 외형은 좋으나 내용이 빈약해서 무슨 말을 하는지 알 수가 없다고 반려하였다. 그렇다면 PT를 나름대로 잘한다고 한 직원에게 왜 이런 경우가 발행했을까? 그 이유는 첫째, 업무 지시에 대해서 명확히 공감하지 못했다는 점이다. 둘째, 한 번도 본인 스스로 주도적으로 실행을 해본 경험이 없기 때문에 두리뭉실하게 끝을 맺었다. 셋째, 외형에만 치중하다 보니 내용에 일관성이 없게 구성되게 되었기 때문이다.

아마도 대부분의 사회 초년생인 직원들이 PT로 보고하는데 어려움을 느끼고 있을 것이라고 본다. 물론 필자가 입사했을 시점에는 PT보고 자체가 없어서 힘들었지만, 지금 대학생들은 대학교에서 많은 훈련을 받고 오기 때문에 나름대로 평균 이상이라고 할 수 있다. 하지만 상사에 보고하기 위한 PT는 또 다른 영역이라고 본다. 필자만의 PT를 잘하는 법을 한 단어로 말하자면 '스토리'가 가장 중요하다고 말할 수 있다. 자기가 말하고자 하는 내용에 대해 소설처럼 처음부터 끝까지 이야기할 수 있다면 그게 바로 본인이 말하고 싶은 내용이며, PT의 핵심이라고 볼 수 있을 것이다.

나는 직원들에게 자주 강조하는 게 있다. 만약 당신이 이 PT를 보지 않고 처음부터 끝까지 당당하게 말할 수 있다면 준비가 된 것이라고, 만약 말하는데 엉키거나 꼬이면 PT 논리 전개 순서를 바꾸거나 내용이 빈약해서 그럴 수 있기 때문에 다시 한 번 점검하라고 지시한다. 필자 또한 PT를 만들게 되면 작성 후 보지 않고 전체를 말로 복기해 본다. 복기 시 뭔가가 부족하거나, 자신이 없는 분야가 있으면 다시 그 부분을 보강하고 논리를 다시 한 번 점검하는 방법으로 준비를 한다.

앞에서 소개했던 영화로 되돌아가자면 필자가 영화평론가는 아니지만 두 영화의 성공과 실패를 가르는 여러 요소 중 가장 중요한 요소는 스토리라고 볼 수 있다. 『자전차왕 엄복동』은 외관에만 신경을 썼지만 관객들이 공감할 수 있는 스토리가 없었으며, 『극한 직업』은 보기에는 화려하지 않았지만 관객들이 공감할 수 있는 스토리가 있었기 때문에 성공하지 않았을까 한다.

이처럼 일과 업무에서도 항상 스토리를 가지고 이야기할 수 있다면 다른 사람보다 더 경쟁력을 가지고 성과와 대박을 낼 수 있다.

 Tip

가장 훌륭한 스토리는 역경이 있는 스토리다. 평범한 부자가 성공한 이야기보다. 가난을 극복하고 성공한 이야기가 더 감동이 있듯이 누가 들어도 PT 목적에 맞게 하고자 하는 일에 대해 일목요연하게 정리 발표하여 감동을 느끼게 해서 동의를 얻거나 또는 추진 중인 업무에 대해 든든한 지지 세력을 얻는 게 중요하다.

        2013년 『관상』이라는 영화를 보고 무척 인상 깊었던 기억
이 있다. 영화 『관상』은 사람의 얼굴을 보고 사람의 운명을 맞출 수 있
는 관상가에 대한 영화이며, 계유년에 일어난 계유정난을 관상가의 시
선에서 만든 작품이다. 아버지는 역모에 연루되어 참수당하고 집안마
저 쫄딱 망해버린 내경, 그는 사람의 얼굴을 보고 그들의 운명을 예
측할 수 있는데 팽헌은 입을 함부로 놀려 망하게 될 것이라고 말하고,

아들 진형에게는 절대 벼슬길에 오르면 안 된다고 말한다. 어느 날 그에게 큰돈을 벌게 해주겠다는 연홍이 찾아오게 되고 그는 연홍의 말에 따라 김종서의 수하로 가게 되고 잠깐의 부와 명예를 맛보게 된다. 어느 날 이조판서 김종서는 내경을 불러 역적의 상을 알아오라고 하자, 수양대군을 처음 본 내경은 그가 틀림없이 역적의 상이라 판단한다. 그의 말대로 단종의 왕좌를 빼앗고 수많은 대신을 죽인 수양은 역적이 되고, 역적의 행동을 한다. 문종의 대를 끊고 수양대군이 왕이 된 것은 시대의 새로운 바람이자, 그 바람으로 휘몰아치게 될 하나의 거대한 파도였다. 바람이 없다면 파도는 일어나지 않으며, 파도가 일어나지 않는 물은 고여 썩게 된다. 이들 앞에 일어날 비극적인 사건은 어쩌면 조선이라는 물이 이동하기 위한 시대의 바람이었을지도 모른다. 현대의 역사는 세조를 왕이라 칭하지만 당시 문종을 따랐던 이들의 입장에선 수양대군은 역적이다. 하지만 관상을 보러온 내경은 내가 왕이 될 상이냐는 수양대군의 물음에 답하지 못한다. 관상가 내경에게 역적이 왕이 된다는 말은 아예 말도 안 되는 일이었다.

내경은 관상을 통해 사람의 운명을 볼 수 있지만 시대의 변화는 보지 못했다. 결국, 관상가가 보았던 것은 사람의 운명이었지만 시대가 변화되는 방향이 아니었다. 관상가 내경의 말에 따라 팽헌은 입을 잘못 사용해 일을 망치고 진형은 벼슬길에 올라 수양대군에 의해 죽음을 맞이한다. 관상가가 말한 운명은 틀리지 않는다. 운명은 정해진 대로 흐를 뿐이다. 그러나 그 운명을 좌우하는 시대의 흐름 또한 반복되고 반복된다. 관상가 내경은 말 그대로 '파도만 보고 물의 흐름을 예측했을 뿐 그것을 움직이는 바람은 보지 못한 것'이다.

직장 생활에서도 업무를 하다 보면 가끔은 왜 이 일을 하는지, 우리는 무슨 목적으로 하는지 방향성을 생각하지 않고 업무를 보곤 한다. 냇물이 모여서 하천이 되고, 하천이 모여서 하나의 큰 강물이 되어 바다로 흘러가듯이, 어떻게 보면 냇물은 직장에서 말하면 담당자라고 할 수 있다. 결국, 방향성이라는 것은 하나하나의 업무가 모여 어느 길로 가야 하는지 결정하는 것이라고 할 수 있습니다.

예를 들면 과거부터 해온 일이 원칙이라고 변화를 안 주는 것도 파도만 볼뿐 바람을 보지 못하고 일을 하는 것이다. 그러한 직원을 나이가 많은 상사를 꼰대라고 부르기도 한다. 과거에 자기가 하던 방법이 최고의 방법이라고 생각하고 그대로 부하 직원들에게 일을 시키는 경우도 있다. 또한, 반대로 업무 담당자는 변화하는 근무 환경, 업무 환경을 보지 않고 회사에서 정한 기준 그대로만 답습하는 직원들도 있다. 이러한 직원들을 흔히 유연성이 없다고들 말하기도 한다.

기업의 업무는 시대의 방향에 따라 제도와 기준이 바뀌기도 하고, 예전에는 통하지 않았지만 지금 시대에는 통하는 것도 있다. 또한, 법과 제도의 변화에 따라 신속하게 업무제도 및 각종 시스템을 바꿔야 하는 경우도 비일비재하다.

예를 들면 과거에는 우수한 직원들이 이직하지 않고 장기 근속하게 하려는 경향이 있었다. 그러므로 회사의 입장에서도 인재를 확보하기 위해 장기근무에 따른 인센티브 제도, 급여 인상 등 다양한 동기부여 정책을 수립하는 게 올바른 방향성이라고 볼 수 있었다. 하지만 환경이 바뀌어 이제는 상과 벌을 균형 있게 운영해서 성과가 낮은 직원들 퇴출시키는 게 회사의 방향성이라면 인센티브제도뿐만 아니라 페널티를 줄 수 있는 제도도 같이 고민하고 운영해야 한다. 하지만 어떤 직원들은 이러한 방향성을 이해하지 못하고 여전히 동기부여 정책만 고민한다면 회사에서 좋은 성과를 받을 수 있을까? 아니라고 본다.

A 목적지에서 B 목적지로 가다가 방향이 바뀌어 C로 목적지가 바뀌었는데 여전히 B를 목적지를 생각하며 일을 하는 직원들도 있고, 어떤 직원들은 방향성도 없이 길을 뚫고 땅을 파는 일을 하는 직원들도 있다. 바뀐 방향을 모르고 일하면 아무리 열심히 일한다고 해도 회사에서 인정을 받기에는 어렵다.

이에 필자는 개인의 역량을 높이고 생존해서 임원이 되기 위한 가능성을 높이는 데 필요한 내용을 담아 개인의 입장에서 방향성에 대해 조언하고자 한다. 방향성 있게 일을 하라는 것은 회사의 목표를 자신의 목표와 동일시하며 업무를 진행하는 습관을 들여야 한다는 것이다.

필자의 경우에는 항상 직원들의 업무를 하나의 목표로 묶어서 목적에 부합하는지 확인하며 혹시 잘못된 방향으로 업무를 하고 있는지 점검한다.

예를 들면 A, B, C, D 4명의 직원이 있는데 A, B, C 직원의 성과 과제가 동일한 목표(조직이 가고자 하는 방향)로 대분류가 가능하고, D 직원은 전혀 다른 과제를 가지고 실행하고 있다면 마지막에 가서는 대부분 가장 성과가 낮은 직원이라고 볼 수 있다. 왜냐하면, A, B, C 직원은 관리자의 높은 관심과 조직의 지원, 그리고 직원들 간의 동질감을 통해 시너지 효과를 얻어 큰 업무 성과를 내게 되지만, D 직원은 낮은 관심과 상대적으로 적은 지원으로 인해 성과를 내지 못하는 경우가 많기 때문이다. 그럴 경우에는 지금 현재 본인이 D 직원의 입장이라면 지금 하고 있는 업무를 조직이 필요로 하는 업무로 과제를 스스로 변경하거나 또는 관리자가 조직이 가고자 하는 큰 방향성 안에서 동일한 목표로 같이 일할 수 있도록 코칭을 받는 게 필요하다.

또한, 하나의 방향성을 갖고 일을 하더라도 개인의 입장에서는 그 일이 어떤 결과를 나타내는지 모르고 일하는 직원들도 많다. 산 정상에서 바라보면 목적지로 가는 방향을 정확히 알 수 있어서 가고자 하는 방향으로 도로를 놓고 계곡이 있으면 다리를 놓아 정확히 원하는 지점에 도달할 수 있는데, 골목길 한가운데 있다고 상상하면 지금 자기가 가는 길이 목적지로 가는지 목적지에서 멀어지고 있는지 알 수 없는 경우가 있다. 장애물(문제 발견)이 있으면 해결하지 않고 회피해서 돌아가거나 다른 방향으로 가기 때문에 목적지에 도착 못 하고 엉뚱한 결과를 도출하게 되는 것이다. 그러므로 정기적으로 우리가 하는 일의 예측 결과를 점검함으로써 현재의 방향성과 목표에 대해 수시로 점점하고 소통해 나가야 한다.

 Tip

철새 떼가 비행하는 모습을 보면 항상 선두를 중심으로 V자형으로 한 목표지점을 향해 날아가는 장관을 보게 된다. 무리 중 일부가 잠시 이 대형에서 벗어나더라도 곧바로 다시 합류하는 모습을 볼 수 있는데, 회사 조직도 이와 유사하다. 지금 이 순간 내가 하는 일이 혹시 회사가 가고자 하는 이 대형에서 벗어나 있는지 아니면 같은 방향으로 가고 있는지 확인해보는 습관을 가져야 한다.

5

일하는 Attitude

✦ 러시아 병사 이야기(일의 본질)

　　구 러시아 시절 계곡과 강을 건너기 위한 대단위 공사가 이루어졌다. 많은 희생과 시간이 투입된 후 다리가 완성되었다. 러시아 정부는 대대적인 행사와 함께 희생된 인민들을 위해서 이 다리에 위령비를 세우고 군인들에게 보초를 세워 다리를 훼손하는 것을 방지하여야 한다는 주장이 나왔다. 그에 따라 부대에서 두 명의 군인을 차출해 다리 양쪽 끝을 지키도록 명령을 내렸다. 두 명의 군인은 나라의 명을 받아 추운 겨울이나 비바람이 몰아쳐도 굳건히 다리를 지켰다고 한다. 그러나 워낙 다리의 길이가 길어 서로가 연락을 취할 길이 없기 때문에 연락병을 필요로 한다고 정부에게 지원을 요청하였다. 옛 러시아는 당시 부유한 나라였기 때문에 군인들의 요청을 받아 바로 군인 한 명을 더 보내줬다. 그래서 다리에는 세 명의 군인이 생활을 하게 되었다. 러시아 정부는 다리에 세 명의 군인만 있다는 사실이 문제가 된다고 하면서 이들을 관리할 장교를 보내야 한다는 생각에 장교 한 명과 그의 부관을 다리에 배치하게 되었고 장교와 부관은 다리에서 근무를 하게 되었다.

그렇게 다리에서 근무를 하게 된 군인은 모두 5명…. 인원이 많아지자 음식을 만드는 것이 힘들어지게 되어 장교는 정부에 자신과 부하들을 위해 취사병을 보내 달라고 요청을 하였고, 이번에도 정부는 군말 없이 취사병을 2명을 보내 주었다.

인원은 계속 늘어갔지만 다리를 밤낮으로 지키는 군인은 처음부터 그 다리를 지켜왔던 그 두 명의 군인뿐이었다. 여전히 그 두 명의 군인은 다리를 지키는 것에 자부심을 느끼며 군말없이 보초의 임무를 다하고 있었다. 이후 취사병까지 포함하여 인원이 늘어나자 그 인원이 사용하는 부식 및 비용 등을 관리할 군인이 필요하게 되었고 무슨 관리, 뭐하는 관리, 뭐하는 관리를 위한 군인들이 계속 늘어 그 다리 하나에 군인이 20명 가깝게 늘어났다고 한다.

러시아 정부의 정권이 바뀌고 나라의 재정 여건이 어려워지자 재정 삭감을 위한 감사가 시작되었고 감사 중에 다리 하나에 20명이 넘는 인원이 있다는 사실에 놀라며 당장 인원을 감원하라는 명령을 통보하였다. 다리를 관리 하던 장교는 도저히 인원을 줄일 수 없다고 정부에 통보하였지만 정부는 나라의 재정 여건이 너무 어렵기 때문에 그럴 순 없다고 통보하고 최소한 2명 이상을 줄이라는 명령을 내렸다. 이 명령을 받은 장교는 군인들을 모아놓고 명령을 전달하였는데 전역을 명받은 2명의 군인은 처음부터 그 다리를 지켜왔던 그 두 명의 군인이었다.

위의 내용은 인터넷에 떠도는 '러시아 병사 이야기(인력 구조 조정)' 다. 왜 하필 그 두 명의 군인이 희생양이 되었을까? 가장 끗발이 딸려서일까? 아니면 가장 오랫동안 근무해왔기 때문에 이제 후배들을 위해 희생이 필요해서였을까?

필자가 여기서 궁금한 것은 '장교(관리자)가 어떤 근거를 바탕으로 의사결정을 하였는가?'라는 것이다.

회사가 어려워지거나 조직 개편이 필요하다고 생각된다면 가장 먼저 오래 다닌 사람, 나이 든 사람이 1순위가 되기 마련이다. 이게 일반적인 생각이며, 필자도 직위가 올라가면 갈수록 많이 접하게 되는 문제

이기도 하다. 또한, 사회적으로 약자인 비정규직을 보호하기 위해 그리고 같이 근무하는 동료를 보호하기 위해, 그리고 법적인 규정에 의거 구조조정이 활발하게 이루어지지 못하고 있는 게 현실이다.

이 이야기는 다수의 경영 기법에서 논의하고 많은 강사들이 자주 이야기하는 'Why? 사고'와 연관되어 있으며, 또 다른 관점에서 본다면 지금 우리가 하는 일의 본질을 파악해야 하는 게 얼마나 중요한지에 대한 메시지를 던지고 있다.

기업은 영위하고 사업하기 위한 업(業)의 본질을 찾아 활동하며 조직, 개인 차원에서는 하고자 하는 일의 본질을 찾아 성과를 내야 생존을 지속할 수 있다. 하물며 군대는 옛날부터 가장 효율화된 조직이고, 전투에서 승리하고 살기 위해 존재하는 조직이다. 그런데 가장 효율화된 군대에서 왜 이런 의사 결정이 되었을까?

그건 바로 러시아와 장교와 상위부대에서 올바른 사고를 하지 못했기 때문이다. 왜 올바른 사고(일의 본질을 찾는)가 작동되지 못했을까?

필자의 경험상 이런 문제에서 올바른 판단을 위한 가장 간단한 '자기 사고 여과 장치' 가동이 필요한데 이런 부분이 부족했다고 판단한다. '자기 사고 여과 장치' 3단계 사고란

첫째, 내가 하는 일의 본질(목적과 역할)은 무엇인가?

둘째, 과거부터 이어진 활동이 현재 시점에서도 일의 본질이 유효한가? (시간이 경과함에 따라 환경조건이 바뀔 수 있음)

셋째, 가장 생산적이고 효율적인 방법(대안 등)은 무엇이 있을까?

이다.

첫 번째, '내가 하는 일의 본질은 무엇인가?'라는 사고를 살펴본다

면, 다리 훼손을 방지하기 위해 부대가 운영되는데 과연 훼손 방지에 20명의 인력 상주가 필요한지를 먼저 고민했어야 한다. 만약 장교에게 다리 훼손 방지를 위해 이만한 인력이 필요한지에 대한 근원적인 질문을 했더라면 다른 결과가 나왔을 수도 있다. 장교는 훼손 방지가 필요 없다면 부대 자체를 이전하거나, 없앨 수 있다고 회신을 보냈을 수도 있다. 그런데 최소 2명 이상을 줄이라고 하였기 때문에 한 단계 더 깊은 근원적인 고민을 할 필요가 없었고, 장교는 자기와 부하 직원들이 살기 위해 2명의 조건을 맞추었을 뿐이다. 하지만 이러한 선택은 단순히 생명 연장의 호스만 끼우고 있을 뿐 완벽하게 문제 해결이 되었다고 볼 수가 없다. 다시 시일이 지나면 또 한 번 냉혹한 현실과 마주칠 가능성이 매우 크다.

두 번째, '과거부터 이어져 온 활동이 현재 시점에서도 일의 본질이 유효한가?'라는 사고는 소련 시절에는 그 다리가 많은 희생을 치르고 만든 훌륭한 건축물이며 또한 전략적 요충지여서 다리 훼손을 방지할 필요가 있어서 군인을 배치했지만, 시일이 흐른 이후에도 과거의 가치가 유효한가이다. 이후에 많은 교량이 건설되었을 것이며 또한 전략과 전술, 무기 체계의 고도화로 인해 이제는 다리가 전략적 요충지가 아닐 수도 있을 것이다. 단순히 건축학적 가치가 높아 군인이 지켜야 할 필요성이 있다면 현재도 지켜야 할 만큼 건축학적 가치가 높은지 다시 검토해 볼 필요성이 있으며, 그 결과 아마 다른 결과가 나왔을 것이라고 판단된다.

필자의 사례에서도 살펴보면 과거에는 필요했던 직무가 있어 인원 배치가 필요했지만, 시스템 고도화 및 직무 변화를 통해 이제는 그 단순한 업무를 하는 직원들이 필요 없어진 경우가 종종 발생했다. 하지만 사회적인 법 제도망 속에서, 필자의 바로 밑 부하 직원으로서 해당 직무를 하는 직원들을 전원 해고라는 의사 결정을 하기에 어려운 부분에 직면하게 되었다. 그렇지만 그럼에도 불고하고 필자 스스로 러시아 병사의 장교가 되지 않기 위해서 해당 직원들의 새로운 job으로 전환시켜 주기 위해 직무 교육을 새롭게 해주어 단순화된 업무에서 생산적인 업무로 전환시켜 준 경험이 있다.

세 번째, '가장 생산적이고 효율적인 방법(대안 등)은 무엇이 있을까?'라는 사고이다. 이제는 시일이 흘러 과거처럼 훼손 방지를 위해 다리를 지킬 필요가 없다면 부대 철수를 결정하던가 아니면 지역 정부기관(시청 또는 군청)에 이관을 하여 매월 정기적으로 점검만 할 수도 있는 등 대안이 여러 가지 나올 수 있을 것이라고 판단된다. 지역 정부기관에서 매월 또는 매주 한 번만 정기 점검을 한다면 전체 인원 증가 없이 일의 본질인 '다리 훼손 방지' 목표를 달성하고 인력도 효율화시킬 수 있었을 것이라고 판단된다.

추가적으로 타 조직으로 업무 이관 시 가장 중요한 요소는 누가 보더라도 부서 이기주의가 아닌 합리적인 논리와 검토에 의한 선택의 결과라는 것을 공유하는 게 필요하다. 이때 초급 관리자일수록 실수하는 게 내 조직이 잘하기 위해 불필요한 업무를 그럴싸하게 포장해 상사를 통해 타 부서가 직권으로 이관받도록 하는 관리자들이 있는데 이건 올바른 행동이 아니다. 그 업무를 지금 가지고 있는 부서에서 폐지하거나 합리적인 공론 과정을 통해 타부서 동료들이 이해할 수 있도록 하는 게 중요하다.

마지막으로 대기업일수록 직무가 세세하게 분리되어 있어 두 번째 사고를 하지 못하고 지금 하고 있는 일이 최선이라고 생각하면서 변화보다는 현재에 안주하면서 일하는 직원들이 많다는 것을 명심하기 바란다. 관리자가 아닌 직원들일수록 책임감이 낮을 수밖에 없고, 변화된 환경에 새로운 직무(일의 본질)를 고민하는 수준이 낮을 수밖에 없다. 하지만 이 책을 읽고 있는 직장 초년생 및 초급 관리자가 있다면 과거부터 해온 일이 지금 현재(법규, 제도, 환경, 사무환경 고도화 등)에도 동등하게 유효한 가치를 지녔다고 생각하지 말고 다시 한 번 일의 본질을 꼭 생각해보기를 바란다. 그렇게 한다면 반드시 새로운 길이 나타날 것이다.

Tip

우리가 이사를 하게 되면 대부분 사용하지 않는 물건이 집안 곳곳에 꽤 많이 있다는 것을 느낄 것이다. 그렇듯 업무도 오랜 시간이 경과하면 과거에 해왔던 업무에 추가로 새로운 업무들이 증가하여 왜 이 일을 하는지 모를 때가 종종 있다. 지금 하고 있는 각종 보고와 업무들을 분류하여 왜 이 일을 하게 되었는지, 지금도 꼭 필요한지 평가한다면 아마도 업무의 30%를 줄일 수 있을 것이다.

✦ **先手**(Insight)

　　바둑의 유래는 대부분 고대의 전설에 의존하는데, 그중에 가장 널리 알려진 것은 고대 중국의 요·순임금이 어리석은 아들 단주와 상균을 깨우치기 위해 만들었다는 설이다. 이렇듯 오랜 기간을 흐르다 보니 흔히 인생을 바둑에 비유하는 경우가 많다. 예를 들면 바둑 십계명 같은 게 있는데 이 내용을 빗대어 인생사 및 삶의 지혜를 논하기도 한다.

필자의 경우 회사 생활에 적용할 수 있는 바둑 십계명 중에서 하나를 뽑자면 기자쟁선(棄子爭先)을 들고 싶다. 바둑에서 기자쟁선은 돌 몇 점을 버리더라도 선수(先手)를 잡는 게 중요하다는 의미를 가리킨다. 선수란 자기 돌을 버려서라도 전략 요충지를 선점하는 착점의 기술이다. 그렇다면 프로기사들의 세계인 바둑 승부에서 덤을 5집 반이나 손해 보는데도 흑돌을 잡고 싶어 하는 게 선수의 가치를 잘 말해 준다. 즉 남에 의해 끌려가는 바둑만 두다 보면 결국 질 수밖에 없는 운명에서 빠져나오지 못하기 때문이다.

첫 직장 생활을 하는 신입사원의 경우에도 선수의 중요성을 알고 행한다면 직장에서 신임받는 중견사원으로 성장하게 되라고 확신한다. 예를 들면 회사에 들어와서 정식으로 본인의 업무를 부여받고 그 업무를 책임지다 보면 누구나 시기적으로 '이번에는 이 일을 할 시기가 되었구나.' 라고 예측되는 때가 있다. 그런데 그 상황에서 어떤 직원들은 상사의 지시를 받은 후에서야 수동적으로 그 업무를 준비하는가 하면, 어떤 직원들은 1~2주 전에 미리 그 업무를 준비해서 능동적으로 상사와 커뮤니케이션을 진행하는 직원들이 있다. 과연 이 두 직원 중에 어떤 직원들이 향후에 성장할 가능성이 클까? 당연히 후자의 경우가 팀장, 과장 등 중간관리자를 거쳐 높은 직급의 관리자로 갈 확률이 높다.

필자 역시 직장 생활의 경험에서 그러한 예를 수없이 보아왔다. 아무래도 우리나라의 주입식 교육체계의 문제일지도 모르지만 입시 경쟁 체계에서 수동적으로 자라온 직원들의 경우 후자의 경우처럼 먼저 실행하는 경우를 좀처럼 보기 어려웠던 것 같다. 그렇다면 어떻게 해야 선수(先手)의 실력을 키울 수 있을까? 선수의 실력을 키울 수 있는 방법으로는 미래를 사고하는 습관, 통찰력(insight)을 키우는 훈련을 하라고 말하고 싶다. 통찰력을 키우는 방법은 크게 두 가지 관점에서 바라볼 수 있다.

첫째, 낮은 단계의 통찰력(Low Insight)이다. 보통 낮은 단계의 통찰력은 회사의 당해 연도의 경영 방침이나 상사가 추진하고자 하는 관심사를 살피는 것으로 길러진다. 회사의 경영방침은 CEO의 함축된 메시지이며, 회사가 지속적으로 생존하기 위해 부족한 사항을 알려주는 신호다. 그러므로 자기 업무 속에서 이 부족한 사항을 채우기 위해 무엇을 해야 하는지 고민하는 습관, 사고하는 습관이 바로 통찰력을 키워주게 된다

둘째, 높은 단계의 통찰력(High Insight)이다. 보통 이 높은 단계의 통찰력은 외부적인 시장 상황과 경쟁에서 승리하기 위한 회사의 인적 물적 자원이 대규모로 투자되는 장기적인 플랜이라고 보면 될 것이다. High Insight는 보통 기업의 CEO나 임원들에게 주로 요구되며 어떤 선택, 의사 결정을 내리느냐에 따라 10년 후 기업의 명암이 달라지게 된다.

흔히 드는 사례로는 핀란드 노키아를 보면 알 수 있다. 노키아는 1980년 이후 한때 전 세계 휴대폰 시장의 40% 이상(2007년 4분기)을 점유하면서 폭풍 성장하였지만, 불과 3년 남짓한 기간에 역사의 뒤안길로 퇴장했다. '노키아의 몰락'은 스마트폰 시대의 도래와 중요성을 인식하였지만 과감히 과거의 영광을 뛰어넘는 변화와 혁신을 선택하지 않았기 때문이었다고 하겠다. 노키아는 새로운 강자 애플 아이폰 앞에서 쓰러져가는 거인이 되어버린 것이다.

그렇듯 High Insight를 키우기 위해서는 현재 생존하기 위해 하고 있는 당장의 업무도 중요하지만 다른 한편으로는 지금 업무의 20~30% 버리고 새롭게 창조하고자 하는 노력과 미래를 사고하는 습관이 필요하다. 단, 새롭게 창조한다는 의미는 단순히 바꾼다는 의미가 아니라 경쟁사보다 효율적이고 생산성 높게 개선하라는 뜻임을 명심하기 바란다. 또한, 선수(先手)의 장점으로는 상황을 통제할 수 있다는 데 있다. 회사 업무를 하다 보면 예기치 않는 상황이 자주 발생하게 된다. 그럴 때 외부 또는 타인에 의해 주도권을 뺏기고 이끌리게 된다면 항상 벌어진 문제에 대해 뒤치다꺼리를 하게 되고 열심히 해놓고도 칭찬을 받지 못하는 것은 물론 조직원들에게 불평불만을 듣게 된다. 한편 선수(先手)일 경우에는 예측되는 문제 해결을 위해 조직 전체에 큰 틀에서 방향을 제시하고 진행할 수 있으며 그에 따라 발생하는 기타 문제들에 대해서도 충분히 공감대를 형성할 수 있게 된다. 또한, 그런 중요하지 않은 사소한 문제들을 사후에 처리해도 되는 시간적 여유도 생기고 조직원들도 불평불만을 자제하고 인내하면서 같이 문제 해결을 하고자 하는 동료애가 생겨나는 장점도 있다.

마지막으로 필자의 상사가 자주 하는 말이 있다. 이 말은 어떻게 보면 선수랑 비슷한 말이 될 수 있는데, "자유란 있을 때 지켜야 한다. 자유를 뺏기게 되면 그 순간부터 고통이 시작된다."이다. 업무도 마찬가지이다. 상사가 생각하는 고민을 같이하고 먼저 업무를 가지고 오는 직원은 자율적으로 하게 되지만, 상사의 지시에 의해서 하는 업무는 아무리 잘해도 인정을 받지 못한다. 시키는 일만 하다 보니 시간에 촉박하게 일을 하게 될 수밖에 없고, 결과물도 좋을 리 없기 때문이다.

어차피 할 일, 선수(先手)를 택해서 편하게 인정받으며 일을 할지, 하루 이틀은 편할 수 있지만 후수(後手)를 택해 끌려가면서 일을 하게 될지는 본인의 선택에 달렸으며, 항상 선수(先手)를 두어 간다면 직장이라는 바둑판에서 승리를 거둘 수 있을 것이다.

 Tip

선수(先手)는 쉽게 말하면 남들보다 반 발자국 앞서 나가는 것을 말한다. 코로나19 관련 중국 우한에서 발생한 바이러스를 가지고 다른 국가들이 방심할 때 대한민국이 미리 진단 시약을 만들어서 위기를 극복할 수 있었듯이 최소 일주일에 한 번은 이 상사의 고민이 무엇인지, 회사의 고민이 뭔지 생각하는 습관을 들인다면 미래를 자기 것으로 만들어 갈 수 있을 것이다.

✦ 법의학 이야기(숫자는 진실을 말한다)

불에 탄 엄마와 세 아들 시신은 말하고 있었다. [10] "범인은 아빠예요."

2005년 8월 19일 남편이자 아빠가 아내와 세 아이를 독극물로 살해한 뒤 화재로 위장한 사건이 벌어진 대전 문화동의 당시 주택 모습이 신문에 실렸다. 희생자들에 대한 부검 등을 통해 결국 범인은 잡히고 범행은 낱낱이 밝혀졌다.

우선 대전 국과수 부검실에서 네 구의 시신에 대한 검안이 시작됐다. 우리는 희생자들이 미처 말하지 못한 '침묵의 몸짓'을 읽어낼 수 있었다.

---

10 「서중석의 법의학 이야기-침묵 속의 진실을 찾아서」, 경향신문, 2019.02.11.

외형상으로 보기에 그들은 거의 모두 동일한 양상이었다. 많은 부분이 시커멓게 탔고, 화재 사망사건에서 흔히 보이는 이른바 권투하는 듯한 투사형 자세를 보였다. 그런데 이상한 점들도 있었다. 화재로 인해 사망할 경우 사체에는 붉은 물집이 동반된다. 화재사에서 볼 수 있는 전형적인 것이다. 또 변사자들의 경동맥으로부터 혈액을 채취해 조사하니 모든 시신에서 일산화탄소 헤모글로빈 농도가 거의 정상 범위였다. 특히 기도 안에서는 그을음이 전혀 관찰되지 않았다.

그렇다. 화재로 사망한 것이 아니었다. 결국, 사건 발생 10일 정도가 지나면서 사건의 실체가 드러났다. 수사기관은 남편이자 아빠가 가족을 살해한 사건으로 결론을 내렸다. 수사 내용을 보면, 거듭된 사업 실패로 신용불량자이던 범인은 그동안 치밀하게 범행을 준비했던 것이었다.

이렇듯 시신도 몸으로 정확한 사인을 우리에게 보내고 있는 것이다.

우리가 하는 일도 위에서 소개한 기사의 내용과 다르지 않다. 언제 죽었는지, 무엇 때문에 죽었는지 시신의 부검을 통하면 알 수 있듯이 사업도 죽어가고 있는지 성장하고 있는지를 알 수 있도록 나타내는 게 있다. 바로 숫자이다. 사업을 한다는 것은 좋은 숫자를 보면 좋아지고 있는지, 나빠지고 있는지 알 수가 있다. 이 숫자는 우리가 인지하려고 노력할 때 비로소 생명을 얻게 되고 숫자도 우리에게 끊임없이 말을 건다고 생각한다. 물론 경영 측면에서 이 숫자하고 가장 많이 소통하는 사람은 아마 회계사일 것이다. 회계사는 숫자를 통해서 기업을 진단하고 기업의 어디가 아픈지 무슨 병이 걸렸는지 알 수 있도록 전문적으로 교육받은 사람들이다. 하지만 회계사가 아니더라도 업무를 담당하는 직원들이라면 숫자가 뭔가 잘못되거나 좋지 않은 방향으로 흘러갔을 때 그 증상을 알아차릴 수 있다. 우리 몸이 아프면 열을 내서 땀을 흘리거나, 감기에 걸리게 되면 기침을 해서 이상 징후를 알려준다. 숫자도 마찬가지이다. 평상시와 다른 패턴의 숫자가 나오면 그것은 어디엔가 이상이 생겼다는 것을 알려주는 징후일 수 있다.

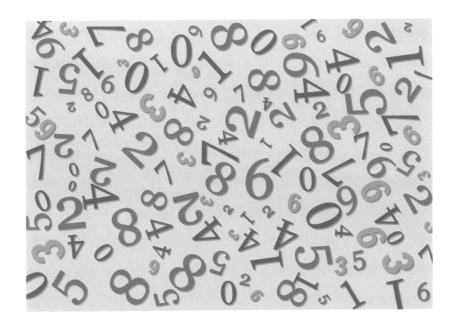

예를 들면 평상시와 같은 결과라면 항상 일정한 정해진 수준의 숫자가 나오는데 만약 뭔가 문제가 생긴다면 숫자는 우리에게 급격히 높아지거나 낮아지는 신호를 보낼 것이다. 그런데 필자의 경험에 따르면 대부분의 담당자들은 숫자가 자기에게 말을 거는 것을 알아차리지 못한다. 그 이유는 다음과 같다.

첫째, 본인들이 하는 일이 회사에 크게 영향을 미치지 않는 반복적이고 단순한 일을 하고 있다고 믿기 때문이다. 예를 들면, 어떤 직원들은 일의 대부분을 거래처를 신규 등록하는 데 필요한 단순 업무에 많은 시간을 할애한다. 그런데 신규를 개설하게 되면서 자세히 살펴보지 않으면 신규를 하지 않아도 되는 유통, 거래처들의 신규 등록이 갑자기 많아지는 경우가 있을 수 있다. 그럼 분명히 사무실에서는 모르는 현장에서 뭔가가 이루어지고 있다는 말이다. 그게 좋은 쪽인지, 좋지 않은 쪽인지는 오랜 시간이 흐른 뒤에 알 수가 있는데 대부분 잘못된 결론으로 도출될 가능성이 크다. 이때 현장에서 무슨 일이 벌어지고 있는지를 확인해야 한다. 자신의 권한으로 하기 어려우면 상사에게 보고하여야 할 것이다.

둘째, 아직까지는 단편적인 사고로서 일의 공정상 한 부분만 파악할 뿐, 전체 공정 단계마다 숫자 변화 흐름을 보려고 하지 않기 때문이다. 공장에서는 정해진 공정 프로세스에 따라 자기 업무만 잘하면 마지막에는 완제품이 나오게 된다. 하지만 공장이 아닌 분야에서 담당자는 회사에서 관리하는 기준 범위 내에서 훌륭하게 본인의 업무를 수행해도 제일 마지막에서 산출되는 결과물은 좋지 않을 수가 있다. 예를 들면, 영업에서는 주문 금액과 상관없이 정당한 발주라면 담당자들이 승인해주는 것이 문제가 될 게 없고 당연한 업무일 것이지만, 프로세스상 가장 마지막 물류 배송에서는 가장 작은 단위의 물류가 수시로 발생하게 되면 당연히 배송비는 증가하게 되고 원가는 높아져 경영상 수익 구조는 점차 악화될 것이다. 물론 물류에서도 승인된 주문 건에 한해서는 본인의 역할에 충실하기 위하여 야근을 해서라도 배송을 하게 될 것이다. 결국, 회사는 일이 많아지고, 비용은 증가하게 된다. 누구 하나 업무를 부당하게 처리하거나 실수한 게 없는데 결국 안 좋은 결과를 도출하게 되는 것이다. 누군가가 공정 전체 프로세스를 이해해서 배송은 발주전표 일정 금액 이상만 해준다고 하면 이러한 문제점들이 많이 개선될 것이라고 본다.

　마지막으로 셋째, 자기가 하는 숫자에 대해 끊임없이 평가하고 소통하려고 하는 의지가 부족하기 때문이다. 분명히 숫자도 의미를 부여한 순간 하나의 생명체가 된다. 이 숫자는 우리에게 끊임없이 말을 건다. 회사의 조직이 잘못 운영되면 분명 표시가 나게 된다. 갑자기 숫자가 뛰거나, 엉뚱한 숫자가 나오는 등의 상황이 벌어지면 무언가 잘못되어지고 있다는 소리인데, 대부분의 담당자는 이 소리를 외면하고 사실을 확인하려고 하지 않는다. 왜냐하면, 사실을 확인하지 않는 게 편하기 때문이다. 하지만 불편한 사실을 직시하고 파악하려고 하지 않는 이상 진실에 접근하기 어렵고 엉뚱한 결론을 도출해 상황을 더 어렵게 만들게 된다.

　다시 한 번 강조하자면 지금 이 순간에도 무수히 많은 숫자가 독자들의 컴퓨터 앞에 쌓이고, 지금 이 순간에도 무언인가 말하고 있을 것이다. 반드시 숫자와 소통하고 소리에 귀를 귀 기울여 주시기 바란다. 뭔가 변화가 있을 때 원인을 파악하려는 습관을 길러야 위험한 상황에서 그 소리가 정확히 귀에 들려올 것이다.

 Tip

　매월 숫자를 연속해서 관리하는 습관을 가져라. 그러면 그 숫자는 현재 어디가 취약점인지, 어떤 직원이 성과 있게 일하는지, 또 미래를 위해 어떤 준비를 하여야 하는지 말하고 있는 것을 느낄 수 있다.

✦ 로또와 믹스커피(Identity)

로또 1등 당첨 20년 만에 노숙자에 은행강도 전락… 어쩌다?[11]

200억 원이 넘는 복권에 당첨된 남자가 전 재산을 탕진하고 강도 행각을 벌이다 붙잡혀 남은 인생을 감옥에서 보내야 할 처지가 됐다. 18일 미국 뉴스윅 등에 따르면, 지난해 10월 미국 로스앤젤레스(LA)에서 연방수사국(FBI)에 체포된 제임스 앨런 헤이즈(55)가 최근 열린 재판에서 은행강도 4건의 혐의에 대해 모두 인정했다.

이 남자는 20년 전인 1998년 1월 1,900만 달러(약 203억 원)의 슈퍼로또 복권에 당첨됐다. 경비원이었던 그는 하룻밤에 인생이 달라졌다. 당첨금을 일시불로 받아간 그는 당시 언론 인터뷰에서 "내 인생에서 이보다 더

---

11 동아닷컴 박태근 기자, 2018.03.20

행복한 적은 없었다"며 "새집과 자동차를 장만하고 싶다"고 계획을 밝혔다.

그러나 그는 이후 마약에 빠져 헤로인을 구매하는 데만 1주일에 1,000달러(107만 원)를 사용하는 등 돈을 흥청망청 썼다.

결국, 전 재산을 탕진해 더 이상 마약을 구할 돈이 없게 되자 지난해 4월~9월 사이에 LA 인근 도시 뉴홀, 발렌시아, 스티븐슨 랜치, 퍼시픽 팰리세이즈를 돌며 연쇄 은행강도를 벌였다. 그는 은행 창구에 돈을 내놓으라는 메모지를 내밀고 총기로 위협하는 방법으로 총 4만 달러를 강탈해 달아났다.

지난해 10월 FBI가 헤이즈를 체포했을 때 그는 버려진 차고에서 홈리스로 살고 있었다. 복권 당첨의 기쁨을 함께했던 아내도 이미 오래전 당첨금의 일부를 챙겨 떠나버린 상태였다.

미국 검찰은 헤이즈의 예상 형량에 대해 혐의당 각각 20년씩 최대 80년 형을 받을 수 있다고 언론에 밝혔다.

위의 기사 내용과 동일한 경험은 아니지만 필자가 신입사원으로 입사했을 때의 경험담을 밝히고자 한다. 2020년을 바라보는 지금 시대에는 상상도 할 수 없는 일이었지만 그때 시절에는 당연히 그래야 했던 시절이 있었다. 필자가 매일 아침 팀의 막내로 출근하던 때 가장 먼저 하는 일이 인터넷 검색을 통해 시장 흐름을 공부하고, 팀장이 사무실에 출근하게 되면 아침마다 따뜻한 믹스커피를 타서 팀장 책상에 올려놓는 반복적인 일을 했다.

그러던 어느 날 평소대로 팀장에게 믹스커피를 타서 책상 위에 가져다주었는데, 팀장이 필자를 부르더니 "오늘은 무슨 기분 좋은 일이 있어요?"라고 질문을 던지는 것이었다. 나는 그날이라고 별다른 일이 없었기 때문에 "아니요. 아무 일도 없습니다."라고 답변을 했더니 무심코 돌아오는 말이 오늘따라 믹스커피 밑바닥에 잔 찌꺼기가 없이 깨끗하게 타져서 무슨 기분 좋을 일이 있는지 물어봤다는 것이다. 그 말을 듣고 뒤통수를 한 대 얻어맞는 기분이 들었다. 필자는 20년 전의 그 기억을 아직도 간직하고 있다.

직장 생활을 하다 보면 본인은 기억나지 않겠지만, 또는 그러한 의도로 행동하지 않았겠지만, 상사들은 부하직원들의 행동 하나하나에 신경을 쓰게 마련이다. 어떠한 동작들이 반복되면 그 행동들이 모여서 그 직원의 정체성이 형성되게 된다. 어떤 직원은 성실하고, 어떤 직원은 문제를 회피하고 핑계만 대고, 어떤 직원은 리더십이 있고, 어떤 직원은 편한 일만 하려고 하고, 어떤 직원은 수동적이고 지시받은 일만 하려고 하고 이러한 결과들이 쌓이게 되고 한번 정의된 그 직원의 정체성은 쉽게 바뀌지 않고 직장 생활 전반에 걸쳐 영향력을 행사하게 된다.

그래서 어떤 모 임원분은 필자에게 이런 말을 해준 적이 있는데 그 말이 상당히 가슴에 와 닿았다. 그 임원분이 필자에게 해준 말은 "인사는 결국 자기가 한다."라는 말이다. 어떤 직원들은 왜 내가 승진이 안 되었는지? 왜 내가 팀장으로 승진이 안 되었는지? 주변에 불평불만을 토로하지만, 그 결정의 기준은 본인이 회사 생활을 하면서 보여준 태도와 관련된 것이다. 상사가 그 태도를 변화시키기 위해 코칭도 하고 노력하였겠지만 변화가 없었다면 주어진 모습 그대로 평가를 할 뿐이다. 물론 이 태도를 넘어서는 아주 뛰어난 성과와 업적을 만들어낸다면 이야기는 달라지겠지만 대부분의 경우 본인의 걸어온 길대로 인사가 이루어지기 마련이다. 본인이 걸어온 길 중 가장 위험한 길은 무엇일까? 그 길은 무색무취의 길이라고 본다. 어떤 색깔도 없으며 아무런 향기도 나지 않는다는 의미는 회사에서 존재감이 희미하다는 뜻이며 그 직원이 있어도 그만, 없어도 그만이며 언제든 다른 인물로 대체 가능하다는 걸 의미한다. 말하자면 조직 내에서 마치 투명인간처럼 취급받는 존재가 되는 것이다. 무색무취의 길을 걸어온 대부분 직원들은 아마 회사에서 중간 정도의 평가를 받고 있으며 구성원의 70% 정도를 차지하고 있을 것이다. 하위 15%는 자기가 회사에서 오래 다니지 못할 것을 알고 있기 때문에 항상 떠날 준비를 하고 있으나, 70%의 구성원은 언젠가는 끝나는 시기가 오겠지만 바로 지금은 아니라며 회사에 다니고 있다. 나머지 15%는 스스로 회사에서 인정받고 있으며 언젠가는 임원이 되겠다는 각오로 근무하고 있을 것이다. 70%에서 탈출하는 방법은 크게

두 가지가 있다. 뛰어난 업적으로 상위 15% 안에 드는 방법, 또 하나의 방법은 자신의 존재감을 보여주는 방법이다. 이 존재감을 나타내는 방법은 어느 한순간에 드러나는 것이 아니라 평상시 행동을 통해 오랜 기간에 걸쳐 드러나며 남들이 인정했을 때 비로소 자신의 존재감이 드러나기 마련이다. 예를 들면 필자의 경우에 어떤 직원은 회의 석상에서 항상 의견을 제시하고 회의 참석자들이 불편할 수 있는 토론에 적극적으로 참여하는 직원이 있었는데 그의 행동이 지속적으로 반복되면서 그 직원에 대한 주변인들의 긍정의 정체성이 생겨났고 그 직원이 상위 직무로 가서도 잘할 수 있을 것이라는 믿음이 생기게 되었다.

이렇듯 모든 일에는 결과가 있다. 하지만 어느 한순간만으로 그 결과를 알 수는 없다. 작은 일들이 쌓이고 쌓여서 결과로 나타나기 때문에 작은 일에도 최선을 다하고 진심으로 업무를 추진하는 태도는 반드시 성공의 충분조건은 아니지만 필요조건 이라고 하겠다.

믹스커피를 타는 것과 같은 작은 일에도 순간순간을 성실하게 직장 생활을 하지 않는다면, 어느 한순간 복권 맞은 사람처럼 한 번은 높은 자리에 올라가거나 어떤 프로젝트에 대해서 성공할 수도 있겠지만, 본인만의 업무, 일, 사람을 대하는 태도에 대한 정체성이 확립되지 않으면 결국 뿌리가 튼튼하지 못해 오래가지 못하고 몰락하게 될 것이니 항상 어떻게 직장 생활을 해야 할지 고민을 해야 하고, 직장에서 자신을 나타내는 고유의 정체성을 갖고 있다면 반드시 성공할 수 있다고 본다.

Tip

　　자신의 약점을 보완하려고 하지 말고 자신의 강점을 살려 그것을 주변
에 홍보하여 자기만의 긍정적인 identity를 가져라. 거짓말은 한번 말하면
넘어가지 않지만, 백번을 말하면 그게 진실이 된다.

✦ 적벽대전(묘수와 꼼수)

진수가 편찬한 『삼국지』에는 제갈량이 동짓날을 전후해 미꾸라지가 물 위로 부지런히 들락거리며 배를 보이면 남동풍이 불고 비가 내린다는 사실을 알고 있었다는 내용이 나온다. 미꾸라지는 입으로 산소를 삼키고 항문으로 이산화탄소를 배출하는 '창자 호흡'을 하는데, 기압이 낮아지면 물 밖에서 산소를 들이마시기 위해 자연스레 수면 위아래로 부지런히 움직인다는 것이다. 이걸 알고 있었던 제갈량은 북서풍이 부는 한겨울 동지 무렵에 방통을 활용 연환계로 조조의 배를 하나로 묶어두어 남동풍을 활용 화공작전을 실시하여 적벽대전에서 승리를 하게 된다.

또 하나 적벽대전이 벌어지기 전 주유는 제갈량에게 열흘 안에 화살 10만 개를 마련해 달라고 요구한다. 이에 대해 제갈량은 조금도 주저하지 않고 흔쾌히 수락한다. 제갈량은 배 스무 척에 풀단 1,000개를 배의 양편에 세운 후 안개가 짙게 낀 날 위나라 진영으로 다가갔다. 위나라군 궁수 1만 명은 수상한 소리가 들려오자 강의 중심을 향해 맹렬히 화살을 쏟아부어 10만 개가 넘는 화살이 강 중심에 있는 오나라 배의 풀단과 돛에 꽂혔다. 제갈량은 하루 만에 주유의 요구를 충족시킨 것이다.

그는 어떻게 안개가 낄 것을 예측했을까?

제갈량은 병서뿐만 아니라 천문 분야 등 다양한 분야의 지식도 해박하여 날씨의 흐름을 정확하게 꿰뚫는 제갈량의 혜안이 적벽대전에서 빛을 발한 것이다. 또한, 제갈량의 세밀한 관찰과 철저한 분석 능력을 통해 대안을 마련한 예이다.

과연 제갈량의 전략은 묘수(妙手)일까? 꼼수일까? 두 단어의 사전적 의미를 살펴보면 '묘수(妙手)'는 누구나 생각할 수 없는 절묘한 수이고, '꼼수'는 시시하고 치사한 수단이나 방법을 말한다. 필자는 직장인들에게 묘수란 해당 분야에 전문적인 지식 또는 다양한 경험을 통해 통찰력을 갖춘 상태에서 어떤 문제점 해결하거나, 미래를 준비하는 높은 수준의 전략적 아이디어라고 생각한다. 다시 한 번 적벽대전의 사례를 보면 이미 제갈량의 경우에는 출전 전부터 승리를 예상하고 필승 전략

시나리오를 짜놓은 상태에서 전투에 임한 것이다. 화공작전을 피기 전에 이미 조조의 함선을 서로 묶어놓아 화공작전을 펼칠 시 도망가지 못하게 하고, 또한 동남풍이 불 때 전투에 임한 것이 승리의 주된 요인이다. 만약 제갈량이 아무 준비도 없이 조조 대군과 싸워 승리하라는 지시를 받았다면 과연 전투에서 승리했을까?

아마 지금 이 시각에도 많은 직장인이 상사한테 준비 안 된 지시를 받고 업무에 임하고 있다. 과연 모든 지시 사항에 대해 훌륭히 이행하고 성공적인 보고를 할 수 있을까? 업무를 잘하는 직원은 분명히 뭔가가 다른 것이 있다. 업무의 이해도가 높고, 현장에 대한 경험이 풍부해서 동남풍을 불러일으킬 요소를 알고 있으며 상황에 맞게 적절한 투자와 최소한의 인적 자원을 동원해 승리를 위한 필승 전략을 세우는 직원이 결국은 성공하게 될 것이다.

반대로 묘수보다는 꼼수를 주로 활용하는 직원들도 있다. 꼼수는 말하는 대로 외부 환경 및 내부 환경에 준비하고 대비하고 있지 않다가 상사의 지시가 떨어지면 그때서야 그 위기를 넘기기 위해 임기응변으로 대응하는 직원들을 말한다. 꼼수의 특징을 살펴보면 첫째, 지시나 문제 사항에 대해 정확하게 인지하지 못하고 있는 경우가 많다. 둘째, 해법이 단기적이거나 또 다른 문제를 일으키게 되는 경우가 많다. 셋째, 가장 중요한 문제로서 문제에 대한 책임감이 없다.

꼼수는 평상시 준비를 통해 장기적인 안목으로 문제를 바라보기보다는 단기적인 안목으로 그 순간의 위기를 넘기기 위해 나오는 아이디어나 생각이기 때문에 실제로 실행하게 되면 생각하지도 못한 다양한 문제점이 드러나게 되는 것은 물론이며, 그 결과 업무가 잘 못 되면 내 탓이 아닌 다 남의 탓, 환경 탓, 풀리지 않는 문제를 지시한 회사 탓, 상사 탓으로 책임을 돌리게 된다.

꼼수를 쓰지 않으려면 주어진 지시나 문제에 대해 다양한 자료를 수집하고, 현장의 소리도 청취해야 하며 긴 시간의 안목으로 문제를 바라보는 습관을 길러야 한다. 여기서 긴 시간의 안목이란 겉으로 드러나지 않는 문제의 근본적 원인을 알아내고, 그 원인을 해결하는 방법을 찾으라는 의미이다. 겉으로 드러나는 모든 문제는 결국 그 원인을 해결하지 못해서 나오는 지엽적인 사건에 불과하기 때문이다.

꼼수는 상사의 눈을 가리고, 문제의 본질을 가리고 눈에 드러난 지엽적인 사건만을 가리기 위한 임시방편에 불과하기 때문에 그 문제를 해결했다 해도 문제가 근본적으로 해결되지 않고 결국 또 다른 문제가 수면 위에 떠오르게 된다. 그러므로 앞으로 업무를 함에 있어서 꼼수보다는 근본적 원인을 해결하는 묘수와 전략으로써 승부를 거는 결단력과 사고력을 키워야 한다.

 Tip

유명한 컨설팅사와 일반 기업과의 차이는 분석의 깊이와 폭이다. 묘수와 전략은 철저한 분석에서 나온다. 어떤 업무를 추진하고 문제를 해결함에 있어서 성공과 실패는 얼마만큼 분석을 철저히 했느냐에 달려있다. 올바른 분석을 통해 insight가 생긴다면 이미 절반은 성공했다고 볼 수 있기 때문에 마음속의 의문점이 사라질 때까지 분석을 해야 한다.

✦ 칠천량해전(지시와 복종의 의미)

太田天洋(1884-1946), 朝鮮戰役海戰圖

　　　　1597년 임진왜란을 종결시키기 위한 명나라와 일본 간의 강화 교섭이 결렬되자 가토 기요마사가 이끈 일본군 선봉대가 부산을 재침하였다. 재침을 명한 도요토미 히데요시의 명령서에는 조선의 하삼도를 점령하라고 명령하였다. 하삼도를 점령하려면 보급이 원활

해야 하는데 조선은 의도적으로 도로를 놓지 않아 수송은 전적으로 강과 바다를 이용할 수밖에 없었다. 따라서 도요토미 히데요시의 명령을 이행하려면 조선 수군을 무너뜨려야만 가능했는데, 이순신을 파면시킬 계획을 실행해서 성공을 하게 된다. 당시 이순신의 능력이 너무 뛰어나서 일본은 이순신이 지키고 있는 바다로는 침투할 수가 없다는 판단을 내리고 이순신을 내쫓기 위해 조선 조정에 거짓 정보를 흘린다. 그 정보는 일본 선봉장 가토가 오고 있다는 것이었으며, 조정에서는 이걸 고급 정보라고 믿고 이순신에게 나가서 가토를 잡아 오라고 명령한다.

이순신은 싸워 이기는 장수가 아니라, 이겨놓고 싸우는 장수였다. 빈틈없이 전략 전술을 세워놓고 백 퍼센트 확신이 들어야 움직이는 완벽주의자인 것이었다. 그런데 조정에서 하라는 싸움은 애당초 승산이 없는 것이었다. 이순신은 조정에서 입수했다는 정보가 거짓임을 눈치채고 명령을 따르지 않고 움직이지 않는다. 하지만 맞고 틀리고를 떠나 이순신은 군인으로서, 조정의 입장에서 보면 명령 불복종을 범한 것이 된다. 이에 당연히 이순신은 쫓겨나게 되고 이순신의 자리를 원균이 대신하게 된다.

원균도 그 정보가 거짓이라는 사실은 알고 있었다. 이순신이 왜 그랬는지도 당연히 알고 있었다. 조정의 명령에 따라 전투에 나가면 패배할 것이라는 예감도 했을 것이다. 원균은 심지어 처음에는 이순신처럼 좀 버티기도 했다. 하지만 결국 군인은 명령을 받았으면 가야 한다고 생각하고 칠천량으로 가게 된 것이다. 그리고 예견된 결과대로 일본에 대패해서 그때까지 남아있던 조선 수군마저 전의를 상실하게 된다. 굳이 이러한 이야기를 하는 것은 원균을 옹호하기 위해서가 아니다. 그 역시 자신에게 주어진 명령을 충실히 이행하다가 희생당한 사람이라는 점을 말하기 위한 것이다.

우리 직장인들도 대부분 지시를 받으면 이순신처럼 거부하지 못하고 원균처럼 딱 지시받은 내용으로 업무를 처리하는 게 습관화되어 있다. 물론 그게 나쁘다는 의미는 아니다. 왜냐하면, 지시받은 것도 제대로 업무 처리를 하지 못한 직원들이 많으며, 그에 비한다면 '원균형' 직원은 매우 성실하고 부지런한 직원이라고 할 수 있다. 일반적으로 상사가 지시를 내릴 때 왜 그 지시를 내리는지 담당 직원에게 상세히 말하지 않기 때문에 업무 담당자는 별다른 고민을 하지 않고 지시받은 대로 일을 하기 마련이다.

필자는 회사에 근무하는 직원들로서 상사에게 업무를 지시받는다면 대부분 2가지 질문을 항상 가슴속에 품고 반문하여야 한다고 본다. 첫째는 '왜 이 지시를 내렸는지'이고, 둘째는 '이 지시를 통해 달성하려는 목표가 무엇인지'라는 질문이다. 업무가 이상적으로 수행되려면 지시를 내린 상사와 실무적으로 일을 수행하는 부하직원의 생각이 일치하여야 한다. 이 과정이 어느 정도 정리되면 비로소 지시가 목표에 맞게 내려졌는지를 실무에서 점검해야 한다.

왜냐하면, 실제 업무 속에서는 많은 경우가 관리자의 지시를 100% 완수했는데 결과가 나쁠 수도 있고, 또한 반대로 지시와 어긋나게 했지만 원하는 결과를 얻을 수도 있기 때문이다. 지시에 따라 100% 완벽하게 이행했지만 결과가 안 좋은 경우는 여러 가지 많은 이유가 있을 수 있다. 대표적으로 관리자의 지시가 불명확하거나, 상황을 잘못

파악하는 바람에 상사의 지시가 실무자에게 전달되는 과정에서 왜곡된 것일 수도 있다. 중간관리자들도 매일매일 많은 부분에서 업무 보고를 받고, 본인도 상사들에게 수시로 지시를 받는 상황에서 구체적으로 지시를 내리지 못하고 즉흥적으로 지시를 내릴 수밖에 없기 때문에 이런 경우에는 본인은 100% 완벽히 업무를 수행했다고 하더라도 원하지 않는 결과가 도출되기도 한다.

또한, 상황적으로 현실 업무에서는 말도 안 되는 지시가 내려올 수도 있다. 어떻게 보면 이런 지시를 내리는 상황이 이해가 안 갈 수도 있다. 그럴 때는 더욱더 지시의 의미를 찾기보다는 '어떤 결과가 나와도 내 책임이 아니야. 나는 그냥 지시에 복종하고 따랐을 뿐이야.'라며 현실을 회피하기도 한다. 모든 것을 관리자의 책임으로 돌리고, 자기의 책임을 회피하고 면피하기 위해 남을 탓하게 되는 것이다.

하지만 남을 탓한다고 해서 본인 책임이 면해지는 것은 아니다. 특히 필자의 경험상 대부분의 관리자는 나쁜 결과가 나왔을 때 지시를 내린 자신이 전적으로 책임지지 않는다.

"모든 것은 내 잘못이야. 자네는 내 지시를 따랐으니 아무런 잘못이 없어. 내가 다 책임질게."

이와 같이 말하는 상사는 영화나 드라마 속에서나 있을법한 캐릭터이다. 그러한 관리자는 현실에서는 거의 없다고 보면 된다. 필자의 경험상 상황에서 누군가가 책임져야 하고, 그 책임은 결국 중간관리자나 업무를 실행하는 직원들에게 전가되는 경우가 대부분이었다. 그만큼 이 사회는 매우 냉정한 것이 현실이다. 필자의 경험에 따르면 회사에는 두 유형의 직원들이 있다.

첫째 유형은 상사만 바라보고 일하는 직원이다. 상사만 바라보고 일하는 직원은 고민을 하지 않는 직원이라고 할 수 있다. 이들은 일의 결과도 생각하지 않고 그냥 묵묵히 자기 일만 하는 직원이다. 늘 수동적이며 생각하는 것을 귀찮아하고 복종하는 게 편한 직원들이다. 이들은 창의적인 업무에는 어울리지 않으며, 이러한 직원들은 직위가 높아질수록 성과를 내기 어렵다. 이런 유형의 직원들은 사원에서 주임까지는 어느 정도 상사들에게 인정받으나 직무가 높아지고 업무의 중요도가 높아질수록 상사와의 마찰이 빈번하게 발생하게 된다. 자신은 뛰어난 인재라고 생각하고 예전에는 관리자들이 자기를 인정했으나, 지금은 왜 변했는지 이해를 하지 못하며 상사 탓, 외부 환경 탓, 직장 탓만을 하게 된다.

둘째 유형은 목적을 바라보고 일하는 직원이다. 이러한 직원들은 지시대로 했을 때 나타나는 결과를 상상하면서 일하는 유형이라고 하겠다. 이러한 직원들은 지시를 능동적으로 수용해서 지시를 곧이곧대로 이행하지 않고 목적에 맞게 변화시켜 일하는 유형이다. 이들은 창의적인 업무에 적합하고 이러한 직원들은 상위 직급으로 가서도 성과를 내는 경우가 많다. 이러한 유형의 직원들은 자유롭고 창의적이기 때문에 관리자들도 열린 마음으로 이들에게 자율권을 더 주게 되고, 직원은 업무를 주도적으로 이끌어서 좋은 결과를 내게 된다. 필자도 그러한 경우를 종종 보아왔다.

대부분의 현실에서는 원균처럼 직장에서 급여를 받은 이상 지시를 이행할 수밖에 없다. 하지만 상사만 바라보고 일하지 말고, 지시를 받았을 때 상사를 뛰어넘은 목적을 보고 일하는 습관을 갖는다면 잘못된 지시라도 충분히 변화시킬 수 있는 역량을 가질 수 있다. 이러한 직원들만이 실패할 것을 알고도 업무를 하는 맹목적인 복종에서 벗어나서 직장 생활에서 지속적인 성과를 내서 자기 운명을 스스로 개척할 수 있을 것이라고 본다.

 Tip

지구에서 달로 가는 최첨단 우주선도 발사 시 처음 입력한 궤도대로 가지 않고 수시로 궤적을 수정해야 비로소 원하는 목적지에 도달하게 된다. 이렇듯 반복되는 업무가 아닌 특별한 업무를 지시하거나, 지시를 받을 경우 왜 이 일을 하는지 서로 충분히 커뮤니케이션을 하는 훈련을 해야 한다. 왜냐하면, 사람은 자기가 알고 있는 지식 범위 내에서 인식하고 사고하는 동물이기 때문이다.

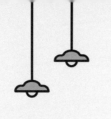

✦ 수치무치(羞恥無恥)

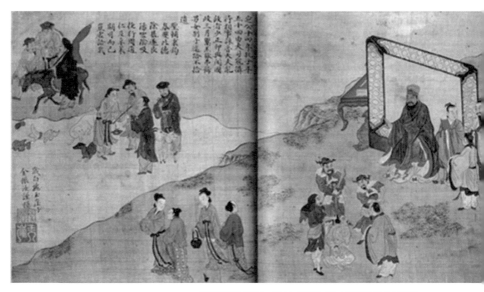

김진여(金振汝:조선 후기), 주소정묘(誅小正卯)

공자의 유명한 일화 중에서 한편을 소개하고자 한다. 공자가 어느 날 제자와 같이 길거리를 가고 있는데 어느 한 젊은이가 길가에서 오줌 누는 것을 보고 꾸지람을 하였다. 그 젊은이는 부끄러움을 느껴 빠르게 도망쳤다. 또 길을 가는데 이번에는 대로 한가운데서 똥 싸는 젊은이가 있어서 제자들은 이번에도 공자님이 혼을 내줄 거라고 생각했는데 공자는 그 젊은이를 피해서 그냥 지나쳐갔다. 제자들이 그 이유를 묻자 공자는 길 가운데서 똥을 누는 젊은이는 수치를 모르기 때문에 가르칠 이유가 없고, 길 가장자리에서 오줌을 누는 아이는 수치를 아니까 꾸짖었다고 한다.

수치(羞恥)의 사전적 의미는 창피하고 부끄러운 감정을 느끼는 것이다. 직원 중에도 부끄러움을 모르는 무치형 인간들이 있다. 필자가 경험한 바에 의하면 이들은 대부분 개인주의적인 성향이 강하다. 물론 개인주의가 항상 나쁜 것은 아니다. 필자가 말한 개인주의는 회사가 정한 규범 또는 조직원으로서 규범을 지키기보다는 자기 편의를 위해 규범을 자의적으로 해석하는 경우이다. 필자가 경험한 사례들의 공통점은 주변 직원들과 커뮤니케이션이 안 된다는 점이다. 과거 필자가 다른 부서에 있다가 무치형 직원이 있는 부서로 직무가 전환 되었는데 해당 부서의 분위기는 참 이해하기 어려웠다. 무치형 직원이 사원임에도 불구하고 제멋대로 행동해도 누구 하나 간섭하지 않고 지내는 것이었다. 그래서 필자는 팀워크를 해치지 않기 위해 여러 가지 시도를 해보았다. 무치형 직원의 의견을 경청하기도 해보았으며, 태도를 변화시키기 위한 지시도 해보았다. 하지만 결국 이러한 모든 시도는 실패로 돌아왔으며, 그 직원을 더 컨트롤 하면 할수록 인간관계가 악화되어 결국 되돌릴 수 없는 관계까지 가게 되었다. 하지만 이런 직원의 특징은 인사권을 지닌 관리자들에게는 잘한다는 특징이 있다. 그렇다 보니 팀장에게 해당 직원의 문제점을 이야기해도 쉽게 정리되지 않는다. 관리자들 또한 자기가 근무하는 기간 내에서 자기 조직 내에 문제가 일어나는 것을 원치 않기 때문이다.

그 직원을 상대하면서 느낀 감정을 조금 저속한 표현을 써서 솔직히 이야기하자면 '미친개와 싸워서 이겨 본들 어떤 의미가 있을까?' 하는 심정이었다. 개와 사람이 싸워서 사람이 이겨도 칭찬보다는 희생이 더 크다. 또한, 조직에 어떤 이점도 가져다주지 않는다.

무치형 직원이 조직에 있다면 해결 방법은 단 한 가지이다. 냉정하게 들리겠지만, 팀원들은 무치형 직원과 어울리지 말고 피하는 게 상책이다. 관리자는 그 직원을 공정한 평가 기준에 의거 빨리 퇴출시키는 것이 해법이다. 관리자들이 인간적인 정 또는 약한 마음 때문에 차마 정리하지 못하고 무치형 인간이 조직에 계속 근무하고 성장하고 있다면 성실한 주변 직원들에게 끼치는 부정적인 영향력이 계속 확대되어서 결국 조직에 큰 피해를 입히게 된다.

 Tip

무치형 직원이 있다면 반드시 인사 평가 결과를 피드백해주어서 현재 자신의 상황을 알 수 있도록 해야 한다. 그게 바로 관리자의 책무이고, 회사에서 관리자를 있게 한 이유다. 힘들다고 관리자가 해야 할 일을 안 할 경우 조직 전체를 위태롭게 하게 되고, 유능한 직원도 떠나가게 된다.

✦ 성악설 성선설

인간의 본성은 선과 악 어느 쪽에 가까울까? 이 질문은 고대 철학자들부터 현대 시대를 살아가는 모든 사람이 누구나 한 번쯤 생각해 본 문제일 것이다. 성선설(性善說)은 맹자가 주장한 도덕설의 중심 이념을 이루는 것이며, 인간의 본성은 본디 선하다는 내용이다. 맹자는 동물과 다른 인간 고유의 심성에 주의를 기울여 원초적으로 선한 본성을 지닌 인간의 도덕적 능력을 신뢰하였다. 그래서 사람의 어진 마음을 가족으로부터 천하로 확충함으로써 왕도를 구현할 수 있다고 생각했던 것이다.

작자미상 (元代: 1279-1368), 至聖先賢半身像

성악설(性惡說)은 순자가 주장한 내용으로 맹자와는 반대로 사람은 누구나 다 관능적 욕망과 생의 충동이 일고 개인의 이익을 추구하게 된다고 보았다. 인간은 이러한 측면이 성장하여 서로 쟁탈하는 싸움이 일어나고

작자미상 (淸代: 1616~1912),
戰國時楚蘭陵令荀況

사회적 혼란이 생긴다. 여기서 도덕 질서가 파괴되는 것이라고 보았으며 이를 가리켜 인성이 악하다고 규정지은 것이다.

그럼 직장인의 본성은 성악설이 맞을까? 성선설이 맞을까? 필자가 만나본 대부분의 직장인은 이런 고민을 해본 적이 없었던 것 같다. 직장 관점에 바라는 성선설과 성악설을 구분하는 기준을 나름대로 정리해보았다.

첫째, 일의 관점에서 보면 모든 직원이 자발적으로 할 일을 찾고 성심성의껏 일에 집중한다.

둘째, 직장인들의 마음가짐에는 항상 회사를 사랑하는 마음이 충만하고 회사에 충성을 하게 된다.

셋째, 마지막으로 직원들은 회사의 규율을 잘 지키고 준수한다.

우리 직장인들은 성선설일까? 성악설일까? 관리자는 팀원들을 어떻게 대해야 할까? 필자는 사석에서 부하직원을 만나면 항상 농담처럼 다음과 같이 말한다. '나는 성악설의 관점에서 너희들을 대한다!'라고.

현재 우리가 살아가는 시대에는 워라밸(Work and Life Balance)라는 말이 있듯이 개인적인 삶에서는 일과 삶의 균형도 맞추어야 하고, 회사에서는 일의 성과에 초점을 맞추어야 한다. 과연 회사의 CEO가 아니고서야 누가 시간에 구애받지 않고 자발적으로 일하는 직원이 있을까? 단언컨대 그렇지 않을 것이다. 또한, 이제는 회사에서도 정규직보다는 비정규직 인원이 확대되고 있으며, 회사에서도 평생 고용 보장보다는 성과 중심으로 수시로 인재를 채용하기를 원하고 있다. 회사에서도 성과와 이익을 위해, 생존을 위해 인사정책이 바뀌고 있는데 직원들에게 과거와 같은 충성심을 기대할 수 있을까? 어려운 문제이고, 어려운 시대이다.

여기서 필자가 말하고 싶은 핵심은 회사는 고달픈 직장인들의 애환을 들어주는 장소가 아니라는 점이다. 이미 관리자가 된 사람도 있을 것이고, 관리자 역할을 행하는 사람도 있을 것이다. 관리자라면 어떻게 부하 직원들을 대하고 코칭을 해주어야 하는지 고민해 보자는 것이다.

어떤 관리자들은 부하 직원들이 도와주지 않아서 고민이다. 어떤 직원은 일을 하지 않아서 고민이다. 필자는 많은 관리자가 자신은 부하 직원에게 인간적으로 잘 대우해주는데 직원들은 자신의 마음을 알지 못하는 것 같다며 고충을 토로하는 경우를 많이 접한다. 그러한 이야기를 들을 때 필자는 단연코 문제는 바로 '너', 팀장이자 관리자라고 말하고 싶다. 왜냐하면, 누구나 평범한 직장인이라면 일보다는 쉬고 싶은 게 당연한데, 그러한 본성을 가진 존재를 일할 수 있게, 성과를 낼 수 있게 하라고 있는 게 관리자이고 팀장이기 때문이다.

관리자가 게으르고 관리자가 부하직원들을 탓하는 그 조직은 무능하고 성과가 나올 수 없다. 가장 빠른 해법은 부하직원을 교체하는 게 아니라 팀장을 교체하는 게 맞다. 또한, 관리자들은 절대 부하 직원들과 혹은 거래처와 사적인 이익을 꾀하거나 도모하지 않아야 한다. 관리자가 사적인 이익을 도모할수록 부하직원들의 일에 대한 성과도 저

조할 수밖에 없기 때문이다. 부하직원이 상사와 둘만이 아는 비밀이 많을수록 상사가 나를 어떻게 할 수 없을 것이라는 자만심이 생기고 상사는 결국 정당한 인사권을 행하지 못하여 부하직원에 의해 휘둘리게 된다. 또한, 먼 훗날 결국 그 일로 인해 불명예스러운 일을 당해 퇴사하는 경우를 많이 보았다.

그렇기 때문에 관리자는 성악설에 근거해서 조직이 반드시 해야 할 목표를 챙기는 게 중요하며, 직장인들은 혹시라도 자신이 불법적인 일을 하고 있다면 언젠가는 반드시 드러나게 된다는 것을 명심하고 사익을 도모하지 말기 바란다.

 Tip

수년간의 고뇌를 통해 스스로 깨우친 부처, 공자, 예수 등과 같은 성인들을 제외하고는 대부분의 직원들이 관리자가 개입하지 않아도 스스로 잘할 수 있을 것이라는 생각은 버려라. 적절한 개입과 긴장감을 주어 성과를 만들어내는 게 관리자의 역할이다.

✦ 셰르파

　　1953년 5월 29일 11시 30분 두 사람의 등반가가 세계 최
고봉 에베레스트의 정상에 섰다. 지구상에서 가장 혹독한 곳, 히말라
야의 가장 높은 봉우리, 인간의 끊임없는 도전에도 발길을 허락하지
않으며 신의 영역으로 여겨졌던 에베레스트산이 드디어 인간의 발길을
허용했다.

위 사진은 세계 최초로 에베레스트 정상을 밟은 두 사람 사진이다. 두 사람은 바로 뉴질랜드 출신의 산악인 에드먼드 힐러리와 네팔 출신 '셰르파' 텐징 노르가이다. 그들은 영국 원정대의 일원이었으며, 그들의 업적과 영광은 당연히 대영 제국에 귀속되었으며 화려한 영광의 주인 공으로 조명을 한몸에 받았다. 엘리자베스 여왕은 힐러리와 헌트에게 기사 작위를 수여하였고, 텐징에게는 영제국 메달을 수여했다. 영국 정부는 또한 텐징이 등정 성공에 기여했다는 이유로 조지 메달을 수여 하였다.

그 당시에는 카트만두까지만 보급품이 배달되고 그곳에서부터 약 289km의 거리를 2~3백 명의 짐꾼들이 짐을 지고 걸어서 히말라야의 험하고 가파른 산과 강을 건너 히말라야 베이스캠프까지 날랐다고 한 다. 베이스캠프에 도착하면 그중 뛰어난 등반 경험과 체력을 가진 셰르파 3명만이 약 340kg이나 되는 필수 장비를 공격 캠프까지 운반하였으며, 짐꾼 조직부터 통솔하고 최종 보급품 운반까지 총괄책임자가 바로 텐징이었다. 텐징은 21세이던 1935년 에베레스트산을 정복하기 위해 최초 등정 이후 각국 원정대와 여섯 번이나 동행 등반한 바 있으며, 1952년에는 스위스 원정대와 함께 8,610m 고지까지 올랐었던 베테랑 셰르파였다. 아무리 원대한 꿈을 꾸었다 하더라도 현실에서 이런 다양한 경험을 가지고 있는 조력자인 텐징이 없었다면 힐러리의 에베레스트산 등정도 실패했을 것이라고 본다.

셰르파의 사전적 의미는 티베트 용어로 동쪽 사람이라 뜻으로 쓰이고 네팔 등 에베레스트 고원지대에 살면서 등반가들에게 현지 지형과 기후 등을 조언하여 등정을 돕는 역할을 하는 사람인데, 필자는 기업에서는 성공을 돕는 성공 길잡이라는 표현을 하고 싶다. 어떻게 보면 멘토와 비슷할 수 있으나, 여기서 셰르파는 어떤 과제에 대해 끝까지 같이 방향을 잡아주고 실행을 도와주는 역할을 한다는 측면에서 약간 상이하다고 할 수 있다. [12]

직장 조직은 유기적인 집합체이다. 회사가 크고 대기업일수록 개인의 업무는 더 세분화되고 혼자 할 수 있는 영역이 더 줄어든다. 개인에게 주어진 과제나 업무를 원활히 수행하기 위해서는 텐징처럼 셰르파의 협조가 필요하다. 더구나 신입사원이라면 더더욱 필요하다.

---

12 대구 3040 산악회 블로그(http://cafe309.daum.net/_c21_/home?grpid=1GvGz)

이 내용을 읽는 독자 중 관리자가 아닌 직장 초년생이라면 현업에서 어떤 과제를 실시할 때 그 과제의 완성을 같이 책임져 줄 셰르파가 없다면 올바른 방향성 없이 실수만 하게 되고, 그 실수에 대한 책임만 지게 되어 업무를 잘 수행할 수 없게 된다. 상사들은 반대로 어떤 프로젝트나 과제를 성공리에 완수하기 위해서는 업무 책임자를 적극적으로 지원하는 셰르파 역할을 해줘야 한다. 여기서의 역할은 형식적인 코칭이나 의견 청취가 아닌 업무 추진 중에 발생하는 장애나 애로사항, 또는 물질적 지원사항을 적극적으로 해결해 줘야 한다는 의미이다. 어려운 과제를 부여하고 적극적으로 지원해 주지 않고 혼자서 문제를 풀어서 언제까지 보고하라는 말은 힐러리 혼자 에베레스트산 정상에 식량과 텐트 모든 것을 짊어지고 등반하라는 말과 똑같다. 결국, 부하직원을 사지에 몰게 되는 거고 그 피해는 본인도 같이 짊어질 수밖에 없다.

필자가 경험한 대부분의 주변 관리자들은 적극적인 지원보다는 시간을 정하고, 부하 직원 스스로 문제를 해결해서 가져오기를 바라는 상사들이 많았다. 이와 같은 상사들은 능력이 없으며 관리자로서 자격이 없기 때문에 빨리 자리를 비켜주어야 한다. 물론 상사들도 팀원들이 많은 관계로 모든 문제에 대해 셰르파 역할을 해줄 수 있는 물리적인 시간은 한계가 있다. 하지만 팀에 설악산을 등산하는 직원과 에베레스트산을 등산하는 직원이 있다면 관리자는 후자에 더 적극적인 코칭과 문제 해결 역할에 있어서 셰르파 역할을 해야 한다.

상사들은 조직의 성과를 위해 적극적인 셰르파 역할을 해주고, 부하직원들은 프로젝트의 성공을 위해서 적극적으로 셰르파에 도움을 요청한다면 어떠한 위기도 극복해내고 결국 정상에 함께 설 수 있을 것이다.

 Tip

팀장과 팀원은 각각 개별적인 존재가 아닌 같은 운명공동체의 구성원이다. 답답하다고 팀장 혼자서 모든 일을 하려고 해서는 안 된다. 부하직원이 유능한 인재로 성장해야지 팀장이 잘된다는 마음가짐으로 직원을 가리키고 육성하는 게 팀장의 역할이다. 유능한 직원들이 많이 배출될수록 해당 관리자도 회사에서 성장하고 인정받는 존재가 된다.

✦ 1% vs 99%

중국서 부실시공 건물 잇따른 붕괴 사고…'시한폭탄'[13]

중국 건축의 대명사가 된 '콩비지(豆腐渣)' 시공이란 말은 원래 1988년 당시 주룽지 총리가 장시성 수재지역을 돌아보면서 사용한 표현이었습니다. 중국 작가 무룽쉐춘은 2015년 『뉴욕타임즈』에 보낸 기고문에서 '중국에서 부실시공이 잇따르는 원인'을 지적하면서 '중국 굴기 이면에 가려진 위험'으로 묘사했습니다. 또한, 최근 부실시공으로 인한 피해가 그치지 않고 있으며, 10월에는 허난성에서 주택이 붕괴해 9명이 중상을 입고 17명이 조난하는 사고가 발생했고, 지난 7월에는 저장성 원링시에서 신발공장 건물 붕괴사고로 42명이 건물더미에 깔려 병원으로 옮겨져 치료했지만 9명이 사망했습니다. 중국 현지 언론은 건축업계 관계자를 인용해 중국 주택의 절대다수는 최근 10~30년 사이 지어진 것으로 부동산 시장 활황기에 집중적으로 건설됐는데, 비교적 새 건물인

---

13 출처: www.ntdtv.co.kr 2015/12/01, https://mb.ntdtv.kr/news/china/15111.htm

만큼 내구성에 문제가 없어야 하지만 실제로는 저질 원자재와 낮은 건축 기술, 엉터리 품질관리로 사용 수명이 짧은 편이라고 보도했습니다.

그는 기고문에서 "2007년부터 2012년까지 5년간 알려진 교각 붕괴 사고만 37건으로 총 182명이 사망했다."라고 하며, 2008년에 발생한 원촨 지진 당시 부실시공으로 학교 건물이 무너져 어린 학생들의 목숨을 잃은 참극으로 많은 중국인을 슬프게 만들었지만, 더욱 슬픈 일은 당국이 부실시공에 책임이 있는 시공부서와 감독부서를 처벌하지 않은 것이라고 지적했습니다.

우리도 건설 현장에 가면 '지시, 99%의 실행 확인' 이런 표어는 흔히 볼 수 있습니다. 건설 현장이라 함은 준공되기까지 매일 공정 회의와 수없이 많은 협력업체 간 협의 그리고 감독의 지시 사항 등이 현장에 적용되고 옮기는 과정이 반복되는 절차가 요구되는 산업입니다. 이 표어를 결론적으로 해석한다면 공정 회의나 공사 감독의 지시 보다는 그 시방서나 도면대로 현장 여건에 맞게 실제 시공을 했는지 여부가 99%, 즉 말로 하는 것보다는 실행에 옮기는 과정이 반복되는 절차가 요구되는 산업이며, 이걸 잘해야지 부실공사 없고 건물이 튼튼히 지어진다고 보기 때문입니다.

직장에서는 수많은 지시와 업무 회의, 직원들의 실행이 수시로 끊임없이 이루어지고 있다. 공사 도면과 건설 자재는 이미 건물의 형태와 구조를 결정짓고 도면에 수치적으로 그려지기 때문에 지시와 실행이 다를 수가 없다. 하지만 건설 현장이 아닌 일반 업무 현장에서의 지시는 이러한 도면을 확인하고 시키는 과정이 아니라 관리자의 머릿속에 든 조감도이다 보니 지시하는 자와 실행하는 직원 간에 괴리가 발생하게 된다. 그 결과 관리자는 10층짜리 업무용 건물을 지으라고 하나 실행자는 10층짜리 건물을 지으면서 지하 주차장을 빼고 건물을 완성하는 경우가 비일비재하게 발생하게 된다.

우리나라 속담에도 "구슬이 서 말이라도 꿰어야 보배다."라는 말이 있듯이 아무리 훌륭한 지시라도 관리자가 그걸 실행했는지 확인을 하지 않는다면 성과로 연결되지 않고 불필요한 업무만 쌓이게 되어 오히려 직원들의 피로도가 증가할 것이다.

현장에서 지시가 잘 수행되고 있는지 확인하는 방법 중 가장 중요한 사항은 현장에서 직접 확인을 하는 방법이다. 부하직원들의 말만 믿고 확인을 했다는 것은 진정한 확인이 아니며, 결과적으로 많은 실수와 오류를 불러일으키게 된다. 고객을 상대하고, 특정 고객 군이 있는 마케팅적 측면에서 현장에서 확인해야 할 사항은 다음과 같다.

첫째, 우리가 실행하고자 하는 목표 고객들이 Target 고객들이 맞는 가(짓고자 하는 건물이 아파트인지, 오피스텔인지).

둘째, 우리가 하고자 하는 일에 대해 제대로 직원들과 고객에게 전달이 되고 공감이 되었는가(최고의 아파트를 짓겠다는 우리의 아파트 조감도가 고객들에게도 전달이 되었고 그에 대해 공감하는지).

셋째, 그렇다면 우리의 뜻대로 실행이 진행되고 있는가(설계도대로 건물 공사가 진행되는지 수시 감리를 통해 부실공사 방지).

그래서 관리자는 현장 확인을 통해 Target 고객들에게 우리가 하고자 하는 내용이 제대로 전달되었더라도, 우리 뜻대로 실행이 안 될 경우 수시로 지시를 수정하고, 개선해서 업무 진행이 왜곡되는 것을 방지해야 하며, 계획대로 진행되어 목적을 달성할 수 있게 추진하여야 한다.

 Tip

Plan-Do-See에서 Plan은 해당 조직의 비전이고 가야 할 목적지라고 한다면 Do는 지금까지 걸어온 길이며, See는 이정표라고 할 수 있다. 지금까지 열심히 걸어왔지만 엉뚱한 목적지로 가고 있지는 않은지, 올바른 방향으로 걷고 있는지 항상 확인, 또 확인을 하는 게 관리자의 중요한 역할이다. 확인을 소홀히 한다는 것은 전쟁에서 경계를 소홀히 하는 것과 같고, 정글에서 나침반 없이 걷는 것과 같다.

✦ 커피믹스

특허청은 개청 40주년과 발명의 날 52주년을 맞아 페이스북 친구(이하 페친)들을 대상으로 '우리나라를 빛낸 발명품 10선' 온라인 투표를 했습니다. 5월 2일부터 17일까지 이뤄진 온라인 투표는 특허청 전문가 그룹이 미리 선정한 발명품 25개 중에서 1인당 3개를 추천하는 방식으로 이뤄졌어요. 특허청 그룹이 선정한 발명품 25개는 훈민정음, 거북선, 측우기, 앙부일구, 자격루, 거중기, 금속활자, 옹기, 고려청자, 혼천의, 신기전, 온돌, 첨성대, 성덕대왕신종, 공병우 세벌식 한글 타자기, 이태리타월, 커피믹스, 김치냉장고, 한글1.0, 막대풍선, MP3, 세계 최초 64MDRAM, 포스코 파이넥스 공법, LG생명과학 팩티브정이다. 페친 570여 명이 참여한 온라인 투표에서는 총 1,694개의 유효 응답을 얻었습니다. 그중에 10선이 아래와 같이 선정되었습니다.

페친들이 뽑은 우리나라를 빛낸 발명품 10선

1위 훈민정음, 세종대왕에 의해 창제된 한글이 반포됐을 당시의 공식 명칭입니다. 세계 문자 가운데 유일하게 만든 사람과 반포일, 글자를 만든 원리까지 밝혀진 문자입니다.

---

14 중앙일보 기사 2019.11.16. 전영선 기자

2위 거북선, 임진왜란 때 사용된 거북선은 이순신 장군이 건조한 것으로 알려져 있습니다. 임진왜란 때 조선 수군의 승리를 이끌어낸 가장 중요한 전함이에요.

3위 금속활자, 현존하는 가장 오래된 금속활자는 고려 우왕 시절에 충북 청주시 흥덕사에서 인쇄한 '백운화상 초록불조 직지심체요절'로 프랑스 국립박물관에 보존되어 있습니다.

4위 온돌, 우리 고유의 난방장치로, 아궁이에서 불을 때면 불기운이 방 밑을 지나 방바닥 전체의 온도를 높여주고, 연기는 굴뚝으로 빠져나가는 구조입니다.

5위 커피믹스, 커피와 크림, 설탕이 배합된 커피믹스는 1976년 동서식품이 세계 최초로 만들었습니다. 불과 50여 년 전만 해도 상류층 위주로 즐기던 커피가 대중화된 것은 커피믹스의 발명 덕분이라고 할 수 있어요.

6위 이태리타월(때수건), 1967년 한일직물에서 처음으로 개발했습니다. 비스코스 섬유의 거친 질감이 때를 벗겨내는 데 최적인 데다 제조법이 간단하고 원가도 저렴해 널리 보급될 수 있었어요.

7위 김치냉장고, 금성사가 1984년 3월 세계 최초로 내놓은 김치냉장고(모델명 GR-063)는 플라스틱 김치통 4개(총 18kg)가 들어가는 45L짜리 용량이었습니다. 김치냉장고는 혁신적인 기능성 냉장고로서 보조 냉장고의 역할도 하고 있지요.

8위 천지인 한글 자판, 1998년 삼성전자의 휴대전화 애니콜(SPH-2580)에 최초로 적용되었습니다. 모든 모음을 천(·), 지(―), 인(ㅣ), 세 개의 버튼만으로 입력할 수 있게 구성돼 SNS의 편리함을 이끌어냈다는 평가를 받고 있지요.

9위 첨성대, 『삼국유사』에 따르면 신라 선덕여왕 때 건립된 천문대입니다. 경북 경주시 인왕동에 있으며, 1962년 12월 20일 국보 제31호로 지정되었습니다. 높이 9.17m, 밑지름 4.93m, 윗지름 2.85m이고, 밑에서부터 4.16m 되는 곳의 남쪽 허리에 한 변이 1m인 정사각형 문이 달려있지요.

10위 거중기, 도르래의 원리를 이용해 작은 힘으로 무거운 물건을 들어 올리도록 만든 장치입니다. 1792년 다산 정약용이 수원 화성을 쌓는 데 이용하기 위해 발명했습니다.

위의 기사에 소개된 발명품 중에서 커피믹스에 대해 부연하자면 처음 등장 당시 커피믹스는 등산과 낚시 인구를 목표로 삼았다. 동서식품 관계자는 "초기엔 야외에서도 커피를 즐길 수 있다는 점을 강조해 광고도 산악인이나 낚시꾼이 등장하는 방향으로 찍었지만, 많이 팔리지는 않았다."라고 말했다.

출시 당시엔 누구도 커피믹스가 40년 넘게 한 기업을 먹여 살릴 제품이라고는 생각하지 못했다. 89년 노란색 포장의 '맥심 모카골드'가 나오면서 스틱 형태가 커피믹스 제품의 표준이 되었다. 한편 이 제품의 폭발적인 성장 뒤엔 슬픈 배경도 있다고 한다. 외환위기(1997) 당시 주요 기업에서 아침마다 커피를 타서 자리까지 가져다주던 서무 직원이 가장 먼저 해고되었으며, 출근하면 누군가가 타주던 커피를 마시기만 했던 관리직은 맛있는 커피 타기가 생각보다 어렵다는 점을 깨닫게 된다. 각자 커피를 타 마시는 문화가 굳어지면서 스틱형 믹스 제품 판매량도 증가했다. 이즈음 뜨거운 물이 나오는 냉온수기가 사무실에 보급된 것도 커피믹스 붐을 일으키는 데 도움이 되었다고 한다.

필자도 직장 생활을 하면서 경험해 본 결과 제품이 크게 성장하는 배경에는 2가지 있다고 생각한다. 첫째, 제품 자체의 혁신적 변화를 통해 고객들이 제품을 찾는 경우이다. 둘째 제품은 그대로이나 시대 환경 변화, 정부제도 규제 등을 잘 포착해서 마케팅을 하는 경우다.

첫째의 경우는 누구다 알고 있겠지만, 전에 없던 제품의 탄생으로 고객들에게 새로운 경험을 심어준 아이폰이 대표적인 사례가 되겠다. 아이폰의 경우 새로운 제품이 출시되면 고객들이 신제품을 빨리 구매하기 위해 전날부터 매장에서 밤을 새울 정도였다.

둘째 케이스의 경우에는 스타벅스를 대표적인 사례로 들 수 있다. 스타벅스는 어떻게 대한민국의 주요 상권을 장악할 수 있었을까? 2012년 당시 공정거래위원회가 카페 가맹업에 적용되는 신규점포 출점 거리 제한의 시행이 그 시작이다. 당시 공정위는 카페 가맹본부에 대해 기존 매장 반경 500m 이내에 신규 출점을 제한했다. 영세한 골목 카페를 가맹 커피전문점의 공세로부터 보호하고, 출점 경쟁에 불이 붙은 가맹 커피전문점의 수익도 보호하자는 취지였다. 하지만 규제의 효과는 '100% 직영' 원칙인 스타벅스에 돌아갔다. 당시 질주하던 카페베네가 출점 거리제한 규제 대상에 된 뒤 휘청거리기 시작한 반면, 스타벅스는 규제를 적용받지 않고 매장을 빠르게 늘린 게 토종 브랜드의 성장을 가로막고 스타벅스 성공을 이룬 계기가 된 것이다.

필자도 직장 생활을 하면서 필자가 다니고 있는 회사가 제품의 혁신으로 성장의 기회를 잡은 적도 있었지만, 환경의 변화로 인한 성장의 기회를 잡은 경우도 있었다. 단기적인 측면에서 관리자들이 가장 신경을 써야 하는 성장 기회는 두 번째이다. 환경 변화나 제도 변화는 어느 한 회사만의 문제가 아니라 같은 업종의 모든 기업이 동일하게 겪는 위기이자 기회이다. 그렇기 때문에 미래가 어떻게 흘러갈지 능동적이고 선도적으로 준비해 나가야 한다. 막연하게 그 환경을 받아들인다면 그 기업은 1~2년 후에 뒤처지는 기업이 될 수밖에 없고, 지금은 후발 주자이지만 환경 변화에 잘 준비하게 되면 경쟁에서 승자가 되는 기업이 될 수 있다.

특히 후발 기업들에게는 변화하지 않는 환경보다는 수시로 변화는 환경이 더 큰 성장 기회를 제공하고 역전 시킬 수 있는 기회이다. 그러므로 어떤 변화가, 어떤 규제가, 어떤 환경이 선두 기업을 따라잡을 수 있는 기회가 될지 항상 고민하고 기회를 잡을 준비를 해야 한다.

 Tip

변화를 즐겨라. 변화야말로 2인자가 비로소 1인자가 될 수 있고, 꼴찌가 1등이 될 수 있는 역전의 기회이기 때문이다. 만약 당신이 현재 1등이라면 자만하지 말고 위기를 느껴야 한다. 2인자들의 행동을 유심히 관찰하고 경쟁자가 변화의 폭을 최소화시킬 수 있도록 상황을 주도적으로 통제하는 게 필요하다.

살아남기 위한 생존 기술

✦ **칭기즈칸**(집안이 나쁘다고 탓하지 마라)

인류의 가장 넓은 영토를 가진 제국을 건설한 위대한 제왕 칭기즈칸의 명언을 소개하고자 한다.

집안이 나쁘다고 탓하지 마라. 나는 아홉 살 때 아버지를 잃고 마을에서 쫓겨났다. 가난하다고 말하지 마라. 나는 들쥐를 잡아먹으며 연명했고, 목숨을 건 전쟁이 내 직업이며 내 일이었다. 작은 나라에서 태어났다고 말하지 마라. 나의 나라는 그림자 말고는 친구도 없고 병사로만 10만, 백성은 어린이, 노인까지 합쳐 2백만도 되지 않는다. 배운 게 없다고, 힘이 없다고 탓하지 마라. 나는 내 이름도 쓸 줄 몰랐으나 남의 말에 귀 기울이면서 현명해지는 법을 배웠다. 너무 막막하다고, 그래서 포기해야겠다고 말하지 마라. 나는 목에 칼을 쓰고도 탈출했고, 뺨에 화살을 맞고 죽었다 살아나기도 했다.

극도의 절망감과 죽음의 공포가 얼마나 큰 힘을 발휘하는지 아는가? 군사 1백 명으로 적군 1만 명과 마주쳤을 때에도 바위처럼 꿈쩍하지 않았다. 숨이 끊어지기 전에는 어떤 악조건 속에서도 포기하지 않았다. 숨을 쉴 수 있는 한 희망을 버리지 않았다.

나는 흘러가 버린 과거에 매달리지 않고 아직 결정되지 않는 미래를 개척해 나갔다.

적은 밖에 있는 것이 아니라 내 안에 있었다.

나는 내게 거추장스러운 것은 깡그리 쓸어 버렸다.

나 자신을 극복하자 나는 칭기즈칸이 되었다.

칭기즈칸의 인생은 역경의 연속이었고, 도전의 연속이었다. 과거 영웅들이나 현재의 성공한 기업가를 보면 칭기즈칸처럼 결코 자기를 탓하지 않고 한자리에 머무르지 않았음을 확인할 수 있다.

필자가 신입사원으로 회사에 입사했을 때 처음 배치된 부서는 회사의 본업과 무관한 채권관리팀이었다. 채권관리팀은 회사의 유지를 위해서는 꼭 필요한 부서이긴 하지만 핵심 성장 부서는 아니었다. 이후 회사에서 채권관리팀, 영업지원팀, 영업기획팀, 경영지원실, 마케팅팀 등 총 5곳의 부서에서 직무를 경험하였다. 20년 근무했다고 하면 평균

4년마다 한 번씩 부서를 옮겨서 근무했다고 보면 될 것이다. 물론 자의도 있었지만 훌륭한 관리자가 이끌어 주고 경험을 쌓게 해주었기 때문에 다양한 직무 경험이 가능했다.

물론 연구직 및 마케팅, 영업부서 등 특정 분야의 전문가들은 굳이 직무를 바꿀 필요는 없지만, 일반적인 부서의 경우에는 여러 가지 경험이 직장 내에서 성장하는 데 중요한 요소라고 볼 수 있다. 과연 그렇다면 어떤 경우에 직무를 바꾸어야 할까? 그에 대한 기준은 간단하다. 현재 본인이 하고 있는 직무를 오래 하면 할수록 본인의 부가가치(몸값)가 높아지는지 아닌지를 판단하면 된다. 쉽게 말하면 텔레마케터를 10년 동안 한다고 해서 과연 텔레마케터의 부가가치가 높아질까? 전문성을 인정받을 수 있을까? 남들이 없는 자신만의 인적 네트워크 자산을 가질 수 있을까? 필자는 그 질문에 대해 단호하게 'No!'라고 말하고 싶다.

필자가 근무했던 회사의 사례를 하나 들어보겠다. 대학을 졸업하고 정규직원으로 입사한 직원이 있었다. 그는 2년 동안 거래처 신규 코드를 입력하고 관리하는 업무를 맡았다. 목표에 대한 부담감, 일에 대한 압박감도 상대적으로 적은 직무였다. 지금 당장은 편하겠지만 만일 10년 동안 코드 개설 업무만 한다면 그 직원은 전문가로 회사에서 높은 가치를 인정받기는 어려울 것이다. 필자는 그 직원의 부가가치를 높여주기 위해 중간에 타부서로 직무 이동을 시킨 경험이 있다. 입사 10년 차면 준관리자 되어야 하는데 해당 직원에게 한 부서에서 같은 업무만을 하도록 했다면 관리자가 되기는 어려웠을 것이다.

이렇듯 본인의 부가가치를 높이기 위해 현재 하고 있는 직무가 아래의 두 가지 상황에 해당한다면 적극적으로 이동하기 위해 노력해야 할 것이다.

첫째, 현재 직무가 자신의 부가가치를 높여주지 않는다면 한 곳에 정착하지 말고 다양한 직무를 경험해야 한다. 문제는 자신이 원한다고 부서를 이동할 수는 없다는 것이다. 부서 이동은 상사의 배려와 개인의 열정과 욕심이 있어야 한다. 대부분 상사의 경우에는 본인이 다른 부서로 옮기기 전까지는 능력 있는 부하 직원의 직무 전환을 싫어한다. 왜냐하면, 해당 직원이 옮기게 되면 새로운 직원을 또 받아야 하고, 재교육시켜야 하는 등 번거롭기 때문이다. 상사의 입장에서는 숙련된 직원에게 지속해서 업무를 맡기는 게 편할 수밖에 없다. 반대로 직원들의 경우에도 해당 업무가 손에 익으면 굳이 다른 부서로 가서 새롭게 적응하는 것에 부담을 느낀다. 일반적으로 지금 있는 곳에서 편하게 근무하고 싶은 게 인지상정일 것이다. 하지만 한곳에 오래 머무르게 되면 당연히 고인 물이 되게 마련이다. 여기서 고인 물이라 함은 반복되는 업무로 인해 열정이 사그라지는 것은 물론, 새로운 아이디어(깨끗한 물)가 나오지 않아 업무 혁신이 이루어지지 않는 경우를 의미한다. 우리가 일상생활에서 자주 사용하는 말 중에 '아! 그거 내가 해봐서 아는데, 이러 이러해서 어려울 거야.'라는 말은 한곳에서 오래 근무한 직원들 입에서 자주 나오는 말이다. 대부분 할 수 있는 방법보다 안되는 방법을 말하는데 길들어 가는 것이다. 그렇기 때문에 상사는 반드시 직원의 경력 관리를 해주어 성장할 수 있게 해야 하며, 본인도 본인의 성장을 위해서는 직무 변화를 상사에게 요청해야 한다. 후배 직원들의 경력 관리를 해주지 않고 본인만 편하려고 하는 상사야말로 가장 최악의 상사라고 단언한다.

둘째, 한직으로 갔을 때 되돌아오려고 노력해야 한다. 물론 한직이라고 함은 지극히 상대적 기준이다. 채권관리추심회사에서는 당연히 채권 관리하는 업무가 주가 되는 것처럼, 본인이 속한 업종의 회사에 어떤 직무가 중요한 직무인지, 어떤 직무가 한직인지 살펴볼 필요가 있다. 인생에는 부침이 있듯이 스타트업 회사처럼 급격히 지속적으로 성장하지 않는 한 모든 직원이 원하는 자리에 진급해서 갈 수는 없다. 일부는 회사 유지에는 필요하나, 본업과 무관한 직무에 배치될 수도 있다. 한직에서 근무할 경우에는 대부분 회사의 관심도가 낮을 수밖에 없다. 상대적으로 임원들의 컨트롤이 적다는 것은 자신이 한직에서 근무하고 있다는 방증이라고 생각해도 좋다. 한직에서 근무하면 상부의 시선에서 벗어날 수 있으므로 젊어서는 편하게 지낼수 있다. 또한, 한직이기 때문에 회사에서 바라는 목표도 크지 않다. 하지만 그에 대한 대가로 진급에는 한계가 있는 것이다. 한직에서 오를 수 있는 최고 보직은 팀장, 직급으로는 부장이 최고일 것이다. 또한, 은퇴 시기도 빨라질 것이다. 그것이 부인할 수 없는 대부분 회사의 방침이다.

그렇다면 되돌아오기 위해서는 어떻게 노력해야 할까? 아마 남들보다 두 배의 노력을 해야 할 것이다. 필자가 말할 수 있는 아주 현실적인 방법은 상사의 방을 자주 찾아가야 한다는 것이다. 누가 시키지 않더라도 본인 스스로 일을 만들고 성과를 내어 상사와 자주 소통을 해야 한다. 그리고 과감히 본인 직무의 경계를 뛰어넘는 일을 해야 한다. 자신의 업무 영역의 경계를 뛰어넘어 일을 한다는 것은 상사에게는 다른 직무를 맡겨도 잘할 수 있다는 시그널이 될 수 있다. 그러한 시그널을 지속적으로 상사에게 주어야 한다. 지금 당장은 이 일을 하고 있지만 언제든지 도전적인 업무를 할 수 있다는 이미지를 상사에게 심어준다면 만약 다른 곳에 인원이 필요할 때 한직에서 벗어날 수 있는 기회가 생길 것이다.

몽골 수도 울란바토르 근교에는 돌궐제국을 부흥시킨 명장 톤유쿠크의 비문이 있다. 거기엔 당시 유목민이 겪었던 눈물겨운 사연들과 함께 장군의 유훈이 담겨 있다. 비록 시대는 다르지만, 그 내용은 현재를 살아가는 우리 직장인들이 새겨들을 가치가 있다.

"성을 쌓고 사는 자는 반드시 망할 것이며, 끊임없이 이동하는 자만이 살아남을 것이다."

승진과 성공을 꿈꾸는 직장인들이여. 부디 끊임없이 움직이시기를….

Tip

    "고난과 시련이 없는 나라에서는 문명이 탄생하지 못한다. 반대로 고난
과 시련에 부닥쳐 그것을 성공적으로 극복하는 과정에서 새로운 문명이
꽃피고 역사가 발전한다. (아널드 토인비)" Specialist가 아닌 이상 끊임없
이 이동하고 도전해야 한다.

✦ 교토삼굴(狡兔三窟-Plan B를 만들어라)

다음은 '조우성 변호사의 생활인문학 9'[15]에서 본 내용이다.
사마천 『사기』의 「맹산군열전」에 보면 "교토삼굴(영리한 토끼는 3개의
굴을 판다.)"이라는 고사가 있다. 그 고사의 내용은 우리가 살아가면서
만일을 대비한 Plan B를 만들어 두라는 의미로 자주 사용되고 있다.

---

15 http://www.ttimes.co.kr/, 조우성 변호사의 생활인문학 9

풍환은 제나라의 재상인 맹상군의 식객이었다. 풍환은 본시 거지였는데 맹상군이 식객을 좋아한다는 말에 먼 길을 걸어왔던 자다. 맹상군은 하도 우스워 별 재주는 없어 보였지만 받아 주었다. 당시 맹상군은 설(현재 산동성 동남지방)에 1만 호의 식읍을 가지고 있었다. 3천 명의 식객을 부양하기 위해 식읍 주민들을 상대로 돈놀이를 하고 있었는데, 도무지 갚을 생각을 하지 않았다. 누구를 보내 독촉할까 궁리하던 중 마침 1년간 무위도식으로 일관하던 풍환이 자청하니 그를 보내기로 하였다. 풍환은 맹산군에게 "빚을 받고 나면 무엇을 사올까요?" 하고 물었다. 맹상군은 "무엇이든 좋소. 여기에 부족한 것이 있으면 그것을 부탁하오."라고 대답하였다. 설에 당도한 풍환은 빚진 사람들을 모아서 차용증을 점검하고 이자 징수를 끝낸 후 사람들에게 말했다.

"맹상군은 여러분의 상환 노력을 어여삐 보고 모든 채무를 면제하라고 나에게 분부하셨소."

그리고 모아놓았던 차용증 더미에 불을 질렀다. 설에서 돌아온 풍환에게 맹상군이 "선생은 무엇을 사오셨는가?"라고 물어보았다. 이때 풍환이 다음과 같이 말하였다.

"차시풍환왈 군지부족즉은의야 이소차서위군매은의래

(此時馮驩曰 軍之不足則恩義也 以燒借書爲君賣恩義來: 당신에게 지금 부족한 것은 은혜와 의리입니다. 차용증서를 불살라 당신을 위해 돈주고 사기 힘든 은혜와 의리를 사 가지고 왔습니다.)"

1년 후 맹상군이 제나라의 새로 즉위한 민왕에게 미움을 사서, 재상직에서 물러나자 3천 명의 식객들은 모두 뿔뿔이 떠나버렸다. 풍환은 그에게 잠시 설에 가서 살라고 권유했다. 맹상군이 실의에 찬 몸을 이끌고 설에 나타나자 주민들이 환호하며 맞이했다. 맹상군이 풍환에게 말했다.

"선생이 전에 은혜와 의리를 샀다고 한 말뜻을 이제야 겨우 깨달았소."

그러자 풍환이 대답했다.

"교활한 토끼는 구멍을 세 개나 뚫지요. 지금 군께서는 하나의 굴을 뚫었을 뿐입니다."

이어서 그는 위나라의 혜왕을 설득하여 맹상군을 등용하면 부국강병을 실현할 것이며, 동시에 제나라를 견제하는 힘도 될 수 있다고 역설했다. 마음이 동한 위의 혜왕이 금은보화를 준비하여 세 번이나 맹상군을 불렀지만, 그때마다 풍환은 맹상군에게 응하지 말 것을 은밀히 권했다.

이 사실은 제나라의 민왕에게 알려지게 되었고 아차 싶었던 민왕은 그제야 맹상군의 진가를 알아차리고 맹상군에게 사신을 보내 자신의 잘못을 사과하고 다시 재상의 직위를 복직시켜 주었다. 두 번째 굴이 완성된 셈이다.두 번째의 굴을 파는 데 성공한 풍환은 세 번째 굴을 파기 위해 민왕을 설득하여 설 땅에 제나라 선대의 종묘를 세우게 만들어 선왕(先王) 때부터 전승되어 온 제기를 종묘에 바치도록 했다. 선대의 종묘가 맹상군의 영지에 있는 한, 설혹 제왕의 마음이 변심한다 해도 맹상군을 함부로 하지 못할 것이라는 계산에서였다.

"이것으로 세 개의 구멍이 되었습니다."

이리하여 맹상군은 재상에 재임한 수십 년 동안 별다른 화를 입지 아니했는데, 이것은 모두 풍환이 맹상군을 위해 세 가지 보금자리를 마련한 덕이다.

직장인들이 살아가면서 만일을 대비한 Plan B가 어떤 게 있을까?

또 우리는 이 고사를 통해 무엇을 깨달아야 하고 행동해야 하는지 생각해 볼 필요가 있다.

첫째, '인생은 부침의 연속이다.' 맹상군이 재상의 지위를 잃었을 때 3천 명의 식객들이 맹상군 곁을 떠났지만 그건 당연한 결과이지 결코 떠난 사람들을 탓해서는 안 된다. 왜 떠난 사람들을 탓해서는 안 될까? 식객들이 맹상군 집에 머문 이유는 맹상군의 인품이 아니라 재상의 지위를 보고 모인 것이기 때문이다. 각자 재상의 지위를 이용하여 자신의 능력과 역량을 펼칠 기회를 잡기 위해서, 또는 무언가 도움을 받기 위해서 집에 머문 것이었다. 그 때문에 맹상군의 지위가 사라졌을 때 그를 떠나 더 큰 지위를 가진 새로운 인물에게 몰려든 것이다.

직장에서도 마찬가지이다. 직장 생활을 통해 얻은 인연은 고등학교 동창, 대학교 동창처럼 순수한 만남은 아니다. 직장 생활은 본질적으로 자신의 생존을 위해 다니는 조직이다. 그렇기 때문에 자신의 생존을 지켜줄 힘 있는 상사, 권력 있는 상사에게 붙기 마련이다. 만약 그 상사가 그 지위를 잃었을 때 자기를 따랐던 부하 직원들이 외면했다고 해서 서운해해야 할까? 절대 아니다. 직장 생활에서 부하들이 따랐던 이유는 자신의 생존을 지켜주는 데 도움이 되기 때문이다.

직장 생활 인간관계 포함 비즈니스의 판단 기준은 냉정하게 말하면 '자신에게 이익이 되느냐? 아니냐?'가 가장 중요한 판단 기준이다. 하지만 바로 당장 그 지위에서 내려왔다고 해서 바로 등을 돌려서는 안 된다. 맹상군의 사례처럼 능력 있고 열심히 하는 관리자에게는 반드시 한두 번의 기회가 더 올 수도 있기 때문에 지금 당장 한직에 머물러 있다고 외면하지 말아야 한다. 풍환처럼 굴을 만들어 주지는 못할망정 다시 재기했을 때 편하게 그 곁에 다시 갈 수 있도록 가끔 점심식사를 같이 하거나, 회사가 움직이는 동향에 대해 정보를 공유하는 등 사소하지만 지속적인 인간관계를 유지하는 게 현실적인 하나의 굴이 될 수 있다.

둘째, '이직을 쉽게 결정하지 말라.' 맹상군도 다른 나라로 이직을 하지 않는 이유는 어떻게 보면 이직에 따른 리스크가 크기 때문이다. 맹상군 정도의 지위이면 맹상군을 스카우트한 나라에서 요구하는 수준이 매우 높을 것이다. 하다못해 자신의 형제 나라에 전쟁을 일으켜야 할 수도 있고, 끊임없이 자질에 대해 평가받고, 그 자리를 노리려는 자들에 의해 안락한 노후를 바랄 수는 없지 않았을까?

자신들이 속한 업종마다 다르겠지만, 내가 경험한 바에 의하면 전통적인 제조업에서는 회사가 파산하거나 성장이 정체되지 않는 한 이직은 신입사원 초기에 하거나, 아니면 부장부터 임원급이 되어서 하는 게 좋다. 사유를 보자면 일단 대리~과·차장 수준이 되면 회사 내에서의 그동안 쌓아온 인적 네트워크는 무형의 자산으로써 일상적인 업무를 하는 데 무시할 수 없는 경력이 된다. 만약 경력직으로 가서 인적 네트워크를 처음부터 다시 구축하려면 상당한 시일이 걸릴 것이다. 또한, 경력직에 대해서는 성과를 오랫동안 기다려주지 않는다. 경력직원을 뽑는 이유는 바로 회사에서 그 직원에 대한 특정한 요구사항이 있기 때문이다. 만약 맡겨진 프로젝트가 실패했을 시 그 직원이 내부에서 성장한 직원이었다면 보직을 전환해주든지 해서 기회를 한 번 더 줄 수도 있지만, 외부에서 경력직으로 입사했을 경우에는 아마도 다시 직장을 찾아야 할 가능성이 크다. 또한, 아직까지 우리나라에서는 자주 이직한 직원에 대해서는 시선 또한 곱지 않은 게 현실이다.

또한, 업무적인 이유로 힘들다고 쉽게 이직하겠다고 말하고 다니면 설령 유머라 할지라도 그 직원에 대한 신뢰는 저하되고, 상사는 해당 직원에 대한 업무 평가도 박해지며, 향후 승진이나 좋은 자리가 있더라도 이직을 말하는 직원보다도 직장 생활을 오래 같이할 수 있는 직원에게 성장의 기회를 줄 것이다. 그렇기 때문에 직장 생활을 하는 도중에는 함부로 이직 의사를 주변에 말하지 않는 것만으로도 두 번째 굴을 완성하는 것과 같다.

셋째, '주변 동료에게 베풀어라.' 맹상군은 자신의 땅에 제나라 선대의 종묘를 세우게 했다. 일반적으로는 왕이 신하에게 재물이나 땅을 하사하는 게 일반적이나 맹상군은 오히려 제왕에게 자신의 땅을 바쳐 왕의 신임을 얻었다. 지금으로 말하면 부하직원이 상사에게 선물을 준 것이나 다름없다. 필자가 다녔던 회사에서 오랜 선배분이 이런 말씀을 하셨다. "자기가 받은 월급에는 상사 보좌비가 포함되어 있다."라고. 어떻게 보면 직장 생활도 과거의 춘추전국시대의 상황과 본질은 다르지 않다. 회사에서 자기에게 부여된 권한을 혼자서 독차지하고 사용하는 관리자가 있는 반면, 부하 직원들에게 베풀며 동기부여를 시켜주는 관리자도 있다. 필자가 경험한 바에 따르면 혼자서 권한을 독차지하는 관리자는 부하 직원들이 따르지 않는다. 더 나아가 부하직원들은 속으로 반란을 준비하고 있어서 그러한 관리자는 반드시 한 번은 하극상으로 인해 리더십에 상처를 받는 경우가 발생한다.

그렇기 때문에 회사에서 받은 권한과 보상은 반드시 자기 혼자만 힘으로 달성한 것이 아닌 부하 직원들이 따라주고 같이 성과를 냈기 때문에 부여한 권한이라고 생각하고 같이 주변 동료들과 나누는 게 세 번째 굴을 파는 것이라고 생각한다.

 Tip

넬슨 만델라. 인종차별에 맞선 남아공의 흑인 지도자. 반란 선동 혐의로 종신형을 선고받고 무려 27년 동안 수감 돼 인생의 전성기를 감옥에서 보내고 나서 노년이 된 72세에 흑인 최초 남아공 대통령이 되었다. 그는 대통령이 된 후에도 자신을 포함한 흑인을 탄압했던 백인들에게 보복하지 않고 용서와 관용, 화합의 정신으로 백인들을 포용함으로 진정한 승리자가 됐다. 직급이 올라갈수록 냉정함과 포용력을 동시에 갖추는 게 중요하다. 실력만 있으면 경쟁자가 생기지만, 인덕이 있으면 따르고자 하는 조력자가 생긴다.

✦ 무림 고수(실전 경험을 갖추자)

얼마 전 인터넷에서 흥미진진한 기사를 읽은 적이 있다. 중국의 전통 무술을 조롱해 온 이종격투기 강사가 쿵후 고수를 상대로 또다시 승리를 거뒀다는 이야기이다.

'중국 무술 조롱' 쉬샤오둥, 쿵후 고수에 2R TKO승 [16]

홍콩 사우스차이나모닝포스트는 2019년 1월 16일 "지난 12일 이종격투기 강사 쉬샤오둥이 54세의 쿵후 고수 텐예를 2라운드 만에 꺾었다"고 보도했다.

---

16 스포츠투데이, 2019. 1. 16. 이상필 기자

쉬샤오둥은 '매드 도그(미친개)'라는 별명으로 알려져 있으며, 중국 무술이 실전성이 부족하다고 주장해왔다. 지난해 5월에는 태극권 고수 웨이레이를 20초 만에 KO 시킨 뒤 "쿵후는 시대에 뒤떨어졌으며, 실전에는 가치가 없다"고 말하기도 했다.

쉬샤오룽의 도발적인 언행은 중국인들의 자존심을 건드렸다. 한 기업가는 쉬샤오룽을 이기는 무예가에게 거액의 상금을 주겠다고 약속하기도 했지만, 다시 한 번 중국 무술을 격파하였기 때문에 당분간 그에 도발은 계속될 것 같다.

마음속으로는 상상 속의 무림 고수가 현실 세계에서 격투기 고수를 이기길 마음속으로 바라겠지만 실전을 거치지 않는 오래된 군대는 반드시 패했듯이, 무림 고수도 온실 속에서 너무 오랫동안 지냈기 때문에 싸우는 방법, 실전에서 이기기 위한 기술보다는 보기에 좋은 화려한 기술에서 변화하지 못했다. 세상의 이치는 다 똑같은 것 같다. 직장 생활에서는 이론보다는 실전을 통해 자신만의 실력을 키워 경쟁력을 키워야 살아남을 수 있다.

자기 자신만의 실력을 갖추고 있어야 한다는 의미는 무엇일까? 필자의 경우에는 책을 읽든, 경험을 하든 자신만의 일하는 원리를 깨우쳐 나가는 노력을 하면서 실력을 다지곤 했다.

우리가 어렸을 때 수학을 배우는 과정에서도 수학 문제를 풀이를 외우는 것보다 수학 문제의 개념을 먼저 이해하고 문제를 푸는 게 더 쉬웠던 기억이 난다. 직장 생활도 마찬가지라고 본다. 필자가 근무했던 회사에서도 모든 직원이 더 높은 생산성을 낼 수 있도록 많은 외부 강사를 초빙하여 교육 기회를 제공한다. 외부 강사의 교육은 주로 경영 분석기법(예를 들면 SWOT 분석) 등의 다양하고 현란한 장표를 가지고 강의를 시작한다. 이렇게 하면 더 높은 성과를 가질 수 있고, 일의 결과가 다를 수 있다고 강조한다. 하지만 막상 다시 현업에서 근무하다 보면 교육받았던 내용을 접목하기가 쉽지 않은 것을 누구나 경험했을 것이다. 필자도 1~2개월이 지나면 다시 예전처럼 되돌아 가는 것을 경험했다.

교육이 쓸모없다는 게 아니라, 어떻게 보면 우리가 받는 교육은 무림 고수들의 휘황찬란한 손 기술과 발 기술처럼 현실에 직접 적용하기에는 뭔가 부족한 것이 아닐까 하는 생각이 든다. 대부분 회사에서 교육을 하고 있지만, 무림 고수처럼 안정된 조직 속에서 시스템적 보호를 받은 온실 속 화초에서 벗어나게 해주지는 못한다. 조직과 시스템의 보호를 받지 않고도 자신 있게 이직을 할 수 있으려면 격투기처럼 실전에서 살아남을 수 있는 진정한 생존 실력을 갖춰야 한다.

어떤 실전 무술을 가지고 있어야 경쟁력이 있을까? 실전에서 사용 가능한 일의 원리 개념(경쟁력)을 필자 나름대로 정리해 보았다.

첫째, '모든 목표와 성과를 숫자로 말할 수 있는 강력한 기초 근육'이다. 영업부서의 평가는 간단하다. 왜냐하면, 달성해야 할 목표 수치가 있기 때문에 그것만 평가하면 된다. 하지만 영업부서 이외의 부서는 성과를 평가하기 어려운 부분이 있다. 그렇기 때문에 무엇을 개선하고 얼마만큼 개선해야 하는지를 수치로 명확하게 제시할 수 없는 부분이 있다. 숫자가 명확할수록 일하는 직원들이 더 힘들기 때문에 평가자들도 암묵적으로 서로 용인해 주는 것이다. 하지만 필자는 어떤 업무도 자신의 목표를 숫자로 평가할 수 있다고 본다. 또한, 모든 것을 수치로 환산해 내는 훈련을 해야 실전에서 경쟁력을 가질 수 있다고 본다.

둘째, '본인 직무 속에서 나만의 그 원리를 찾고자 하는 비법'이다. 필자의 경우에는 일의 원리를 '표준(STANDARD)'에서 찾았다. 표준이라는 어떤 의미일까? 우리가 생활 속에서 무수히 많이 듣는 말 중 무엇인가를 인증받았다는 말이 있다. 그 인증이란 말은 무엇일까? 우리가 사용하고자 하는 제품이 국가 또는 기관에서 정한 어떤 기준 내에 들어왔다는 것을 나타내며, 안전하게 사용할 수 있다는 의미이다.

대한고혈압학회 분류2018년 (DRAFT version)

혈압분류		수축기혈압		확장기혈압
정상혈압		<120	그리고	<80
주의혈압		120~129	그리고	<80
고혈압전단계		130~139	또는	80~89
고혈압	1기	140~159	또는	90~99
	2기	≥160	또는	≥100
수축기단독혈압		≥140	그리고	<90

의사들의 경우는 어떨까? 우리 몸을 진단하고 처방을 내릴 때 우리 몸의 건강 상태를 나타내는 데이터가 일정 수준 표준 이내에 들어오면

건강하다고 진단하고, 표준 범위를 벗어나면 문제가 있다고 판단하여 거기에 맞는 처방을 내린다. 그러므로 의사들도 표준에 근거하여 일한다고 보는 것이 맞을 것이다.

회사 일도 마찬가지이다. 자기 업무 속에서 자기만의 일의 표준을 만들어야 한다. 매달 하는 일의 통계 데이터를 산출하고, 이 범위 내에서는 일이 '잘 진행되고 있다, 못하고 있다'라는 것을 만드는 것이 필요하다. 자기 업무의 주치의가 되어야 한다는 의미이며, 관리자들도 팀원들이 자기 업무의 표준을 수립해서 일을 할 수 있도록 하게 한다면 상당 부분 경쟁력을 가질 수 있으리라고 본다.

셋째, '새로운 것을 배우고 접목하고 개선하려는 실전 경험'이다. 새로운 것을 시도한다는 것은 현실적으로 상당히 피곤하고 불편하다. 특히 모든 조직원이 익숙해진 것을 고치고 변화시킬 때 거부 반응이 높다는 것은 다른 한편으로는 반드시 더 해야 한다는 것을 의미한다. 현장에서 이런 경험을 많이 하고 극복 경험이 많을수록 일에 자신감이 생기고 경쟁력이 생긴다고 볼 수 있다. 필자의 경험 중 제품을 다양한 경로를 통해 유통시키는데, 계속해서 매출이 제대로 집계가 되지 않고 불법으로 유통되는 사례가 발견된 적이 있었다. 하지만 불법 유통 사례를 개선시키려고 하니, 일단 매출 목표를 가진 해당 부서장의 반발이 심했고, 또한 전체 매출 목표를 달성하기 위해서 지금 당장 매출이 아쉬운 상황이었다. 게다가 현장 조사를 하더라도 심증은 있지만 물증을 찾기 어려워서 불법을 발견하기가 쉽지 않았다. 계속 고민하던 중 어느 날 공장을 방문하게 되었는데 공장 작업자들이 제품에 바코드를 찍고 있었다. 바코드 기록에는 유통 경로가 담겨있는데 바코드 시스템을 공장에서만 사용하지 말고 유통에 적용해 보면 해법을 찾을 수 있을 것 같았다. 필자는 그 아이디어를 적용하여 문제를 해결할 수 있었다. 내근 부서 팀원에게 직접 현장에서 유통되는 물품들의 바코드를 확인하도록 하여 잘못된 유통 경로를 차단하고, 매출을 정상화시킨 것이다.

이렇듯 불편하다고 문제를 회피하지 않고 다투고 감내하면서, 실제로 이겨본(개선시켜본) 실전 경험을 쌓아간다면 일을 두려워하지 않고 경쟁자와 다른 경쟁력을 갖출 수 있을 것이다.

 Tip

미국 군대가 강한 이유는 최첨단 무기를 갖춘 이유도 있겠지만 매일 이 시간에도 어디에선가는 싸우고 있다는 데에 있다. 생존하고 이기기 위해 지금 이 순간에도 미국 군대는 실전에서 승리하기 위해 전략과 전술이 조금씩 발전해 나가고 있는 것이다. 하지만 무림 고수는 어느 순간 싸우기를 포기함으로써 수백 년 전의 모습에서 정체되고 발전되지 못한 것이다. 과거에 잘했다고 앞으로도 잘할 것이라고는 볼 수 없다. 미래에 생존하기 위해서는 안주하지 말고 지금 이 순간에도 치열하게 고민하고 싸워나가야 한다.

✦ 한비자의 천리마(千里馬-달리지 않는 말은 말이 아니다)

『한비자』의 「외저설 우상」 편에 나오는 이야기이다. 태공망이 무왕을 도와 천하를 평정한 뒤에, 그 공로를 인정받아 제나라를 다스리는 제후로 봉해졌다. 그때 제나라 동쪽 해안가에 광율과 화사라는 형제 은사들이 살고 있었는데, 그들은 이런 말을 했다. "우리는 천자의 신하도 아니고 제후의 친구도 아니다. 밭을 갈아서 밥을 먹고 우물을 파서 물을 마시니 다른 사람에게 바라는 것도 없다. 벼슬도 명예도 원치 않고 그저 우리 힘으로 살아갈 따름이다."

이 소문을 들은 태공망은 병사들을 시켜 두 사람을 잡아오게 한 뒤

당장 사형에 처해버렸다. 주공단이 노라에서 이 소식을 듣고 급히 사람을 보내 연유를 물었다. 문왕의 아들인 주공단은 예악과 법도를 제공하는 등 제도와 문물을 창시한 인물로, 공자가 자신의 롤모델로 꿈에서도 흠모했다고 전해진다. "그들은 매우 현명한 사람들이오. 이제 막 나라를 다스리도록 맡겼는데, 부임하자마자 현명한 이들을 죽인 연유가 무엇이오?"

태공망은 태연히 대답했다. "그들은 천자의 신하가 아니라고 했으니 나에게도 신하가 될 수 없고, 제후의 친구도 아니라고 했으니 내가 다스릴 수도 없습니다. 스스로 일해서 먹고 살며 다른 사람에게 바라는 것이 없다고 했으니 상벌과 벼슬도 그들에게는 통하지 않을 것입니다. 그들을 부릴 방법이 없다면, 나는 도대체 누구의 지도자가 되라는 말입니까?"

태공망은 이런 말을 덧붙였다. "천리마는 천하에 으뜸가는 명마지만 채찍질을 해도 앞으로 달리지 않고 고삐를 당겨도 멈추지 않으며, 왼쪽으로도 오른쪽으로도 가게 할 수 없다면 천한 노비라 해도 타지 않을 것입니다. 제아무리 현명한 사람이라도 군주가 부릴 수 없다면 쓸모가 없어 그냥 놔두면 법을 어지럽히는 일이 됩니다. 부릴 수 없다면, 천리마라도 베어야 하는 법입니다."

우리 주변에는 광율과 화사와 같은 직원들이 곳곳에 있으며 또한 약간의 자기 지식을 믿고 마치 자기가 최고인 것처럼 행동하는 천리마처럼 상사의 말을 듣지 않고 제멋대로 행동하는 직원들도 많이 있다. 관리자라면 누구라도 천리마에 합당한 우대를 해주기 마련이나 해당 직원이 다행히도 관리자를 보좌하여 조직에 기여를 하게 되면 좋으나 만약 말을 듣지 않는다면 바로 그에 상응하는 조치를 하여야 할 것이다. 필자도 초임 관리자 시절 천리마와 같은 해당 직무에 대해 가장 전문적인 지식을 많이 가지고 있는 유능한 직원이 있어서 상당히 우대를 해주고 편의를 봐준 경우가 있었다. 그런데 어느 순간 일에 대한 지시를 듣지 않다. 또한, 자기가 전문가이기 때문에 자기 없이는 일이 안 될 거라는 자만심으로 팀 업무를 그르치는 경우가 많아서 낭패를 당한 경우가 종종 있었다. 결국, 그러한 과정이 누적되고 신뢰를 잃게 되자 해당 직원은 그 이후 지금은 '천리마'가 아닌 평범한 '말'이 되어 더 이상 두각을 나타내지 못하고 직장에 다니고 있다. 또한, 이러한 직원 관리를 제대로 하지 못하면 관리자로서의 자질도 의심받기 때문에 향후 성장에 있어서도 장애 요인이 되기도 한다. 뛰어난 천재이거나, 특수한 과제를 수행하는 전문 연구자가 아닌 이상 인재는 지속해서 채용되고 충당되기 마련이다. 지금까지 그 직원이 없으면 일이 안 된다는 경우를 많이 봐왔으나 그 일이 제대로 안 돌아간 경우를 본 적이 없었으며, 항상 새로운 인재가 나와 그 자리를 대신해서 더 발전시키는 경우가 훨씬 더 많았다. 이와 같이 관리자로서 성과를 내기 위해서는 태공망처럼 인재를 효율적으로 관리하고 적재적소에 필요한 인재를 배치하여 활용할 수 있게 하는 결단력을 갖추어 조직이 특별한 직원 중심이 아닌 리더를 중심으로 움직이게 하는 게 필요하다.

흔한 말로 사자가 지휘하는 백 마리의 양 떼가, 양이 지휘하는 백 마리의 사자 떼보다 강하다는 진리를 가슴 깊이 새겨두고 조직 관리에 있어서 사자가 될지, 양이 될지는 본인이 잘 판단하는 지혜가 필요하다고 본다. 관리자로서 미래에 더 높이 성장하고 생존하기 위해서는 아무리 훌륭한 천리마일지라도 부릴 수 없다면 과감히 베어버리는 결단력을 갖추기를 바란다.

8

가능성에 대하여

✦ 고졸 신화(학력보다는 성과)

'고졸 신화' '세탁기 장인'⋯ 조성진 LG전자 부회장
'고졸 신화', '세탁기 장인', '진짜 통돌이'.

LG전자의 새 사령탑을 맡게 된 조성진 부회장에게 붙는 수식어다. 조 부회장은 2005년 세계 최초로 세탁기 내부의 두 군데서 스팀이 분사되는 드럼 세탁기를 개발해 LG 트롬 세탁기를 세계시장에서 알리는 데 중추적인 역할을 한 인물이다.

1976년 9월 26일 금성사에서 수습 과정을 거쳐 입사한 조 부회장은 당시 인기 있던 선풍기가 아닌 세탁기와 인연을 맺었다. 당시 세탁기 보급률은 0.1%도 안 될 정도로 걸음마도 못 뗀 단계였다.

조 부회장은 세탁기가 반드시 대중화될 것이라는 확신이 있었고, 이후 2012년까지 36년 동안 세탁기 사업에 몸담으며 가전 업계에서 세탁기 박사로 불렸다.

1996년 통돌이 세탁기를 국내 최초 개발을 시작으로 1998년 인버터 기술을 토대로 세계 최초로 세탁기에 상용화한 DD 모터는 LG 세탁기 세계 1등 신화의 원동력이 됐다.

조 부회장은 DD 모터에 이어 △2005년 세계 최초 듀얼분사 스팀 드럼 세탁기 △2009년 6가지 손빨래 동작을 구현한 '6모션' 세탁기 △2015년

---

17 이투데이, 2016. 12. 02.

세계 최초로 상단 드럼세탁기와 하단 미니워시를 결합한 '트윈워시' 등 세상을 놀라게 한 혁신 제품들을 잇달아 내놓으며 세탁기 세계 1등의 신화를 이어왔다.

조 부회장은 2015년 H&A사업본부장 취임 이후 세탁기 사업을 통해 쌓은 1등 DNA를 다른 생활가전으로 확대하며 사업본부의 체질을 바꿔놓았다. 지속적인 R&D 투자, 5대 사업부(냉장고·세탁기·에어솔루션·키친 패키지·컴프&모터) 중심의 고도화된 사업 포트폴리오와 안정적 수익 구조를 기반으로 LG전자 생활가전의 위상을 높였다.

조 부회장은 올해 국내를 시작으로 해외 론칭을 확대하고 있는 'LG 시그니처', 한국과 미국의 프리미엄 빌트인 시장을 겨냥한 '시그니처 키친 스위트' 등 프리미엄 브랜드를 성공적으로 출범시켜 새로운 도약의 발판을 다졌다.

그에게 올해는 근속한 지 만 40년이 됐고, 환갑도 맞은 특별한 해다. 또한, LG전자 생활가전 사업이 매출, 영업이익, 영입이익률 등에서 역대 최고의 성과를 내면서 조 부회장은 세탁기 박사를 넘어 '가전의 장인'으로 올라섰다는 평가도 받고 있다.

조 부회장은 스마트 가전부터 딥 러닝, 지능화 등이 가능한 생활로봇에 이르는 스마트홈 로드맵을 바탕으로 스마트홈 관련 조직을 대폭 키우고, 인공지능 개발 전담 조직도 구축하고 있다. 특히 내년에는 모든 가전제품에 무선랜(Wi-Fi)을 탑재, 무선인터넷을 통한 다양한 스마트 기능과 서비스를 지속적으로 제공할 방침이다.

위의 기사를 보면서 좋은 학벌이 아니어도 임원이 될 수 있다는 희망을 가지게 된다. 그렇다면 과연 임원으로 성장하기 위해서는 어떠한 과정이 필요할까? 필자의 직장 생활 경험을 바탕으로 나름대로 정리해 보았다. 신입사원으로 시작하여 단계별로 성장하여 임원이 되기 위해서는 그 세 가지 단계별 요소가 필요하다. 바로 능력, 역량, 성과가 바로 그것이다. 단계별 3요소를 세부적으로 살펴보면 다음과 같다.

능력(能力): 어떤 일을 해내는 힘 / Ability

능력을 가장 우선시하는 시기는 직장 생활로 표현하자면 사원에서 대리까지의 시기이다. 이 시기에는 회사나 상사의 지시를 잘 이해하고 주어진 시간 내에 결과물을 해낼 수 있는 직원으로서 충실히 역할을 하는 것이 중요하다. 신입사원의 경우 그 직원과 같이 업무를 해본 경험이 없기 때문에 그 직원의 능력을 평가할 수 없다. 그래서 그 직원의 과거 태도를 살펴봐서 우수한 대학을 졸업하면 회사 업무도 잘 수행할 수 있을 것이라 판단하게 된다. 능력은 어떻게 보면 후광효과가 많이 지배한다. 예를 들면 우리나라에서 말하는 소위 일류 대학, SKY 출신이라면 회사의 지시에 맞추어 성실히 일할 수 있는 인재로 보고 일도 뛰어날 것이라고 본다. 아무래도 사원~대리 시기에는 본인이 의사결정에 주도적으로 참여하는 업무보다는 회사가 가고자 하는 방향과 주어진 지시에 따라 업무를 실행하는 경우가 더 많기 때문이다.

아무래도 사회적으로 쌓인 선입견 때문에 조 부회장처럼 고졸 사원일 경우 능력(지시를 이행할 수 있는 수행 능력)이 부족할 거라고 생각하는 게 현실이다. 그런데 필자가 속한 부서에도 고졸 서무 여직원이 입사했는데 업무를 수행함에 있어서 대졸 사원보다도 더 훌륭히 업무를 완수하는 능력이 있어서 지금은 주임으로서 동등한 업무를 수행하고 있다.

우스갯소리를 하자면 필자의 경우에는 부하직원 누구에게나 우리가 하는 업무는 로켓 발사 각도를 구하는 난해한 업무가 아니라, 사칙 연산으로 계산기만 잘 두드릴 수 있으면 된다고 말하곤 한다. 신입사원일 경우 입사 시 자격 조건(일명 스펙)이 다소 부족하더라도 스스로를 능력이 부족한 직원으로 여기지 말고 본인의 능력은 한계가 없다는 생각으로 자신 있게 직장 생활을 하는 자세가 무엇보다도 필요하다.

역량(力量): 어떤 일을 해내는 힘이나 기량 / Competency

특정 업무수행을 잘하는 사람들의 독특한 행동 특성을 의미(경영학적 의미)를 나타내는 단어이다.

역량이 가장 필요한 시기는 과장~팀장/부서장 직무이다. 직장 생활에서 필요한 역량은 본인 혼자만 잘한다고 되는 게 아니다. 관리자로서 부하 직원들 또는 협업하는 직원들을 잘 이끌고 주어진 과제를 함께 수행해야 한다. 팀원으로서 개인 능력이 뛰어난 직원들을 관리자로 승진시켰을 경우 의외로 쉽게 지치거나 조직을 망가뜨린 경우를 종종 보게 된다. 어떤 초임 관리자는 열정이 너무 높아 부하 직원들에게도 본인 수준의 업무 능력을 요구하는 경우가 있다. 이럴 경우 부하 직원들이 쉽게 지쳐 급기야 퇴사를 하게 되는 사태가 발생하기도 한다. 또 어떤 관리자는 부하 직원들을 키우기보다는 업무 진행 속도가 답답하다고 본인이 나서서 직접 일을 처리하는 경우도 있다. 그럴 경우 부하 직원들은 모든 의사 결정을 관리자에게 미루게 되고 업무가 수동적으로 되어 부하직원들도 성장하지 못하고, 관리자는 부하직원들을 탓하게 되고 결국 조직원들 간에 신뢰가 쌓이지 못하여 팀워크가 깨지게 된다.

이렇듯 관리자 또는 준관리자의 경우 역량이 매우 중요한 요소이며, 역량이 높은 관리자는 개인의 능력뿐만 아니라 조직을 이끄는 리더십과 소통 능력 등 다양한 측면에서 성장할 수 있도록 노력해야 한다. 회사에서도 이러한 인재를 키우고 선별해야 한다. 필자의 경험상 역량 시기부터는 과거의 후광효과(일류대 출신 등 선입견 요소)가 사라진다고 본다. 이제부터 본격적인 실력을 기반으로 경쟁을 하는 시기에 맞서게 된다.

성과(成果): 일이 이루어진 결과 / Performance

성과는 직장에서 임원으로 성장할 수 있느냐, 없느냐를 가르는 가장 중요한 요소이다. 과거의 직장 생활은 근속 연수에 의거하여 입사순대로 임원을 선정하였다면, 최근에는 임원이 젊어지고 있는 추세이며, 성과가 없다면 승진도 없는 게 당연시되고 있다.

성과가 가장 필요한 시기는 팀장 관리자부터이다. 성과는 같은 직장 생활에 있어서 본인을 나타내는 주민등록증이라고 감히 표현하고 싶다. 누구나 할 수 있는 수준의 성과는 회사 내에서 누구도 알아주지 않는다. 회사가 필요로 하는, 회사가 간절히 원하는 목표에 대해 성과를 달성하는 직원이 두각을 나타내기 마련이다. 진정한 성과를 내기 위해서는 두 가지가 필요하다.

첫째, 쉽게 설명하자면 『주유소 습격사건』이라는 영화에서 보 배우가 "난 한 놈만 패."라고 하면서 한 명한테만 달려드는 인상적인 장면을 본 적이 있다. 업무도 관리자가 성과를 내기 위해서는 주유소 습격

사건과 같은 전략이 필요하다. 본인과 조직의 모든 역량을 한 점에 집중시키는 전략이다. 중간에 힘들다고 멈추지 말고 어려운 과제라면 1년을 끌고 갈 수 있는 뒷심과 강한 추진력이 중요하다.

둘째, 누구나 어려워하는 과제를 선정하고 목표를 높게 가져가는 것이다. 누구나 할 수 있는 과제가 아닌, 회사가 성장하고 발전하기 위해서 회사에서 간절히 원하는 수준의 과제에 도전해야 한다는 의미이다. 필자의 경우에도 회사에서 수년간 문제를 풀지 못하는 어려운 과제가 있었는데, 필자 스스로도 이걸 풀지 못하면 회사에서 더 이상의 미래를 가질 수 없다는 각오로 도전을 했으며 이 과제에 대해 문제를 푼 경험이 있다.

이렇듯 상위 직무로 올라갈수록 능력보다는 역량, 역량보다는 성과

가 매우 중요한 요소로 작동된다는 원리를 빨리 이해하는 게 중요하다. 또한, 누구도 부인할 수 없는 성과 중심으로 일을 완수함으로써 임원이 될 수 있으니 포기하지 마시기를 바란다.

 Tip

"아무리 적어도 좋으니 넘버원이 되는 분야를 조금이라도 만들어내야 한다. 한 분야에서 넘버원이 되면 그 역량이 다른 분야로도 연결돼 승리의 기회가 확대 창출될 수 있다. (다오카 노부오)" 일점집중(一點集中)을 통해 한 분야에 최고가 되면 스펙이 부족한 약자도 승자가 되는 드라마를 만들 수 있다.

✦ 착한 아이 콤플렉스(고민은 남의 몫)

원인으로서는 내면의 욕구나 좋고 싫음의 목소리를 듣는 능력을 갖추지 못했기 때문인데, 이는 자신의 기대에 부합하는 행동을 할 때만이 '착한 아이'라고 생각하는 부모나 엄격한 집안 교육의 결과이다. 이와 같은 환경이 인간의 기본적 욕구인 유아적 의존 욕구를 억압하기 때문이다.

착한 아이 콤플렉스를 지닌 어린이는 어른의 요구를 쉽게 거절하지 못하기에, 어린이 유인 범죄에 쉽게 넘어가게 된다. 또 성인이 되면 타인의 기대에 어긋날 것에 대한 우려로 일탈을 용납하지 않는 정형화된 생활을 해나가게 된다. 심하면 신경증, 불면증, 우울증, 무기력증을 동반하며, 자살의 원인이 되기도 한다.

대부분 정규 교육을 받고 4년제 대학을 정상적으로 졸업하는 사회인이라면 누군가에게 부탁하거나 아쉬운 소리 하는 것을 꺼린다. 그렇게 착하게 살다가 회사에 입사해서 또 정해진 방식에 의거하여 기준대로 착하게 살아가는 정해진 인생을 살아가게 된다. 대부분의 사람은 자기 내면이 이끄는 대로 행동하지 못하고 타인의 시선으로, 타인의 관점으로 평가받은 그대로 살아가고 있으며, 그러한 상황을 변화시켜보려는 시도조차 해볼 생각을 하지 못한 채 살아가게 된다.

직장인으로서 또는 일반 사회인으로서 수많은 인간관계를 하다 보면 이러한 착한 아이 콤플렉스 때문에 손해를 보는 경우가 의외로 많다. 일례를 들어보겠다. 회사 단체 회식을 하면 대부분 50만 원 이상 비용이 드는 경우도 있고, 어떤 때는 1백만 원 이상 나오는 경우도 있다. 만일 회식 후 음식값이 53만 원이 나오는 경우 계산할 때 "50만 원만 결재해주세요."라고 식장 주인에게 말한다. 만일 162만 원 나오는 경우에는 "150만 원으로 결재해주세요."라고 업소 주인에게 요청을 한다. 대부분 그 정도의 금액은 할인을 해주는 게 보통이다. 그런데 '괜히 얘기했다가 상대가 염치없는 사람으로 여기면 어쩌나…?' 하는 마음으로 말도 꺼내지 않는 사람이 있다. 하지만 그런 요청은 염치와는 무관하다. 비용을 할인해주면 좋고, 안 해줘도 다음에 또 와서 요청하면 거의 대부분 해주기 마련이다.

이 사례에서 필자가 말하고 싶은 내용은 타인의 시선이나, 타인의 평가를 두려워하지 말고 '남의 고민을 내가 하지 말자'는 것이다. 일단 내가 상대방에게 어떤 제안을 한 이상 받아들일지 말지는 상대방의 몫이다. 상대방은 나의 제안을 받고 고민을 하기 시작한다. 나는 그 상황을 기다리고 내가 원하는 목표를 얻을 수 있게 과정만 관리하면 될 뿐이다. 하지만 이러한 원리는 어느 누구도 우리에게 가르쳐 주지 않는 성공의 비밀 중 하나이다.

우리에게 주어진 시간은 유한하다. 이 소중한 시간을 남의 고민을 대신하다가 허비할 필요는 없다. 또한, 착한 아이 콤플렉스를 성인이 되어서도 버리지 못하고 남의 고민을 대신 해준다고 해서 상대방이 좋아하지도 않는다. 오히려 더 많은 요구 사항을 요청해 올 뿐만 아니라 착한 일을 해주고도 욕을 얻어먹을 수도 있다. 지금 시대에서는 그 상황에 가장 적합하고 신속하게, 최고의 효율성을 나타내는 조합을 찾는 의사 결정이 무엇보다도 중요하다. 물론 신뢰, 기업 이념 이런 다양한 요소를 무시할 수는 없지만, 그 전에 최적의 의사 결정 하는 법을 배우라는 의미이다.

둘째, 남에게 고민을 줄 경우 자기가 목표하는 바가 명확히 설정되어 있는 경우와 설정되지 않는 경우가 있는데 앞의 사례를 이어서 설명하겠다. 만약 필자가 요금할인의 목표를 가지고 있다면, "그럼 얼마나 할인해드려야 하죠?"라고 다시 질문이 왔을 때(상대방의 고민이 다시 나에게 넘어옴) 원하는 액수를 부르고 "요금 할인 부탁드립니다."라고 답변을 해줄 수 있는데 만약 이러한 목표 의식이 없다면 내가 다시 고민거리를 껴안을 수밖에 없으며, 애초에 목표했던 바도 이룰 수가 없게 된다. 이럴 경우에 대비해서는 큰 수준의 목표가 있다면 미리 선수를 쳐서 말하는 게 승자의 기술이다. 예를 들면 "단체 회식이라 165만 원 금액이 나왔는데 다음에도 자주 방문드릴 테니 150만 원으로 요금 할인 부탁드립니다."라고 명확히 목표를 설정해서 상대방으로 하여금 고민하고 처리할 수 있게 해주는 것도 하나의 방법이 될 수 있다.

또 하나의 사례는 필자가 친한 선배랑 식사를 하는데 우연히 선배가 부동산 관련 고민을 하는 것을 알게 되었다. 그 내용인즉 반전세를 놓고 있는 자신의 집의 보증금을 시세에 맞춰 올리고 싶은데 와이프도 그렇고, 자기도 그렇고 세입자에게 전화를 못 하겠다고 고민을 하고 있었다. 상대방에게 어려운 이야기 하는 게 꺼려지는 것이었다.

어떻게 보면 자본주의 사회에서 지금 시대에 맞지 않는 금액에 대해 정당한 시장 요구를 하는 것인데도 불구하고 마음속에 뭔가 찜찜해서 부부가 서로 연락을 미루고 있었다. 그래서 필자가 그 문제에 대해 나름 해법을 제시했다. "왜 선배가 그 고민을 합니까? 시세 금액에 맞게 언제까지 기간을 두고 보증금을 더 올려달라고 통보하고 마음 편하게 기다리세요." 왜 집주인이 하지도 않아야 할 고민을 하면서 본인의 유한한 시간을 소비하면서 괴로워하는지 안타까웠다. 만약 올리고자 한 가격이 정당한 시장가격이라고 한다면 현 세입자가 올려주지 못한다고 해도 또 다른 세입자가 있을 것이고, 세입자를 구해주는 것은 부동산 중개업자의 몫이다. 우선 고민을 세입자에게 맡기고 그 다음은 부동산 중개업자의 노고에 맡긴 후 그 대가로 수수료를 주면 간단한 일이다. 자기가 고민을 한다고 해서 세입자에게 도움이 되는 것도 아니므로 '착한 사람 콤플렉스'에서 벗어나 먼저 말을 하는 것이 오히려 서로에게 이익이 되는 것이다.

아주 쉬운 사례들로 빗대어 설명했지만, 사회생활에서 승자가 되는 사람은 고민을 주는 사람이고, 열심히 일을 했는데 패자가 되고 빈곤한 사람은 고민을 받는 사람이라고 생각한다. 부디 내가 하지 않아야 할 남의 고민을 내가 하는 착한 모범생(?)으로 살지 말기를 조언한다. 그 시간에 미래를 위해 남들이 하지 않는 새로운 영역을 고민을 할 때 사람은 무한한 가능성을 가지고 성장할 수 있다고 확신한다.

Tip

"노벨상을 받은 비결이오? 남이 하지 않는 분야를 선택한 덕분입니다. (오스미 요시노리)" 스타트업 중 유니콘 회사로 성장하는 대부분은 남들이 생각하지 않는 분야에서 나오고 있으며, 스티브 잡스 또한 생산적인 고민에 집중하기 위해 단일한 패션만 고집해 왔다. 성공은 남들이 가는 길을 따라가는 것보다 남들이 가지 않는 길을 고민하고 개척했을 때 더 크게 성공할 수 있다.

에필로그

　　원고를 마무리하고 있는 2020년 3월 12일 현재 한국을 포함한 전 세계가 코로나19 바이러스로 곤욕을 치르고 있습니다. 뉴스에 따르면 코로나19 국내 확진자 수는 7,869명으로 늘어났다고 합니다. 그리고 지난 12월 31일 코로나19 첫 환자가 중국에서 보고된 지 70여 일 만에 세계 환자 수는 114개국 12만 명을 넘겨 WHO에서는 11일 세계적 대유행 즉 팬데믹을 선언했습니다.

　　메르스, 사스 때와는 다르게 코로나19 관련 전염력이 너무 강해 기존의 모든 분야에서 예상치 못한 변혁이 일어나고 있습니다. 예를 들면 감염 전파를 위한 '사회적 거리 두기' 및 기업에서는 감염예방을 위한 '재택근무 시행', 직장인들이 자주 해오던 '직장 내 회식 근절' 등 기존에 관행으로 여겨졌던 모든 분야에서 새롭게 질서를 다시 재편해야 하며, 기존에 우리가 알고 있던 상식들이 이제 더 이상 올바른 지식이 아니게 되었습니다. 지금부터는 새로운 환경에 적합한 새로운 사회적 Model을 만들고 합의점을 찾아야 할 시기가 된 것 같습니다.

　　현재 기업에 몸담고 있는 저도 이 변화에 어떻게 대응하고 미래를 준비해야 할지 많이 혼란스러운 지경입니다. 이전까지 해왔던 과거의 경험이 전혀 도움이 되지 않고, 어떻게 보면 유튜브, SNS 등 비대면 활동에 대해 거리낌 없고 익숙한 IT 시대에 적응해온 젊은 직원들이 미래의 주역으로 떠오를 것이라고 봅니다.

한국 경제는 이미 다양한 산업 부문 전반에서 상당한 경기 부진을 겪고 있습니다. 소비심리는 급격히 위축되고 있으며, 여행, 관광 및 대규모 인원의 운집이 동반되는 활동에 가해진 각종 규제는 한국 경제에 미치는 영향을 가속화시킬 것으로 판단됩니다.

환경이 급격히 변화하면 그 영향으로 새로운 비즈니스에 맞게 새롭게 떠오르는 직업과 산업군이 있기 마련이며, 반대로 필연적으로 퇴조하는 산업군과 직업이 생겨나게 됩니다. 관광, 항공 및 접객 산업군의 경우 경기가 반등해도 더딘 회복세를 보일 것입니다. 극장, 놀이공원 등 대표적인 오프라인 유흥산업의 수요 하락 역시 불가피합니다. 하지만 같은 기간 온라인 리테일, 유통, 게임 및 온라인 교육산업은 특수를 누리며, 사업 확장의 기회를 맞이하게 될 것입니다. 소비재 산업은 질환의 확산이 충분히 통제되기 전까지 지출을 줄이는 고객들로 인해 어려움을 겪을 것입니다.

인터넷을 이용한 쇼핑몰 등 IT 기반 산업의 수요가 폭발적으로 증가할 것으로 예측되며 자영업자들의 몰락과 동시에 유통에서는 배달 관련 업종들이 새로운 일자리를 창출하여 노동력의 일부를 흡수할 것이라고 봅니다. 또한, 보수적이던 국내 회사들이 이제는 적극적으로 재택근무를 활성화시킬 것이라고 보고 화상회의 관련 IT업체들이 상대적으로 수혜를 보게 될 것이며, 기업에서도 이제 앞으로 어떻게 하면 직원들이 재택근무를 하면서도 업무 효율을 높일 수 있을지에 대한 방법을 고민해야 하고, 그에 따라 어떻게 직원들을 평가해야 할지 많은 고민이 시작되는 시점이라고 봅니다.

지금 이 시기는 한 번도 경험해보지 못한 환경으로서 신입사원이나 중견사원이나 임원이나 똑같은 출발선에 서있습니다. 미래를 어떻게 보고 어떻게 준비해야 하는가에 따라 기업이든, 개인이든 미래의 승자가 될 수 있습니다. 항상 혹독한 환경 변화 뒤에서 패자와 승자가 나뉘기 마련입니다. 우리 모두 이 변화에 대해 어떻게 대처하면 좋을지 고민하고 콜럼버스처럼 남이 가보지 않는 새로운 길과 방법으로 먼저 도전함으로써 한발 한발 전진을 통해 코로나19가 종식될 시점에서 가장 앞에서 이끌고 갈 수 있는 인재가 되어있기를 바랍니다.

부디 이 책이 회사라는 조직에서 능력을 인정받고 더 나아가 새로운 도전을 하는 데에 독자들께 조금이나마 도움이 되길 바랍니다.

2020년 이른 봄에
필자 블루마운틴

참고 문헌

박정훈, 『약자들의 전쟁법』, 어크로스, 2017

최태성, 『역사의 쓸모』, 다산북스, 2019

김종래, 『CEO 칭기즈칸』, 삼성경제연구소, 2012

류랑도, 『성과중심으로 일하는 방식』, 쌤앤파커스, 2017

김태관, 『왜 원하는 대로 살지 않는가』, 홍익출판사, 2012

나는 이렇게 임원이 되었다

펴 낸 날   2020년 6월 26일

지 은 이   블루마운틴
펴 낸 이   이기성
편집팀장   이윤숙
기획편집   윤가영, 정은지
표지디자인 윤가영
책임마케팅 강보현, 류상만
펴 낸 곳   도서출판 생각나눔
출판등록   제 2018-000288호
주   소   서울 잔다리로7안길 22, 태성빌딩 3층
전   화   02-325-5100
팩   스   02-325-5101
홈페이지   www.생각나눔.kr
이 메 일   bookmain@think-book.com

• 책값은 표지 뒷면에 표기되어 있습니다.
  ISBN   979-11-7048-104-1(03810)

• 이 도서의 국립중앙도서관 출판 시 도서목록(CIP)은 서지정보유통지원시스템 홈페이지(http://seoji.
  nl.go.kr)와 국가자료공동목록시스템(http://www.nl.go.kr/kolisnet)에서 이용하실 수 있습니다
  (CIP2020024375).